고맙다는 말
사랑한다는 말
힘내라는 말

고맙다는 말, 사랑한다는 말, 힘내라는 말

초판 1쇄 발행 _ 2014년 3월 5일
초판 5쇄 발행 _ 2015년 3월 30일

지은이 _ 김요한

펴낸곳 _ 바이북스
펴낸이 _ 윤옥초
편집팀 _ 도은숙, 김태윤, 문아람
디자인팀 _ 이민영, 이정은, 김미란
표지제자 _ 이정은

ISBN _ 978-89-92467-81-0 03810

등록 _ 2005. 7. 12 | 제 313-2005-000148호

서울특별시 영등포구 선유로49길 23 아이에스비즈타워2차 1005호
편집 02)333-0812 | **마케팅** 02)333-9918 | **팩스** 02)333-9960
이메일 postmaster@bybooks.co.kr
홈페이지 www.bybooks.co.kr

책값은 뒤표지에 있습니다.

책으로 아름다운 세상을 만드는 — 바이북스

고맙다는 말
사랑한다는 말
힘내라는 말

김요한 지음

바이북스
ByBooks

고팔수 아저씨,
그리고 삶의 자리에서 묵묵히 희망을
만들어가는 모든 분에게 바칩니다.

누구나 듣고 싶고 하고 싶은 말

고마워, 사랑해, 힘내. 이 세 가지의 말은 누구나 듣고 싶고, 하고 싶어 하는 말이다. 어떤 일이든 어떤 어려움이든 이겨내고 해낼 수 있는 힘과 동기를 부여해주는 말이 바로 이 세 마디다.

말은 성취력이 있다. 어떤 말을 하고 듣느냐에 따라 삶이 달라진다. 말하는 대로 삶이 이루어지기 때문이다. '고맙다'는 말은 사람들을 배려하고 따뜻한 마음을 갖게 해주는 진실한 마음의 표현이다. '사랑한다'는 말은 두 사람 사이를 가장 가깝게 해주는 행복한 표현이다. '힘내라'는 말은 용기와 격려를 주는 표현이다. 이 세 가지의 말만큼 오늘을 살아가는 현대인에게 꼭 필요한 말이 있을까?

이 책 속의 작은 이야기들 속에서 곧 내 삶의 모습을 발견할 수 있다. 또한 이 책을 읽으면 세 가지의 말을 할 수 있는 힘과 용기가 생겨날 것이다. 삶 속에서 나 때문에, 내가 한 말 때문에 살아갈 용기를 얻고 행복해하는 사람이 있다면 얼마나 감동적인 일인가! 남에게 좋은 말을 듣기 전에 나 자신부터 시작해야 한다. 자신이 하는 말이 자신의 삶과 인격을 나타낸다.

고맙다는 말, 사랑한다는 말, 힘내라는 말이 유행어처럼 널리 퍼져나가면 참 좋겠다. 그래서 이 책을 읽는 수많은 독자에게 작고 큰 희망이 매일같이 솟아나기를 바란다.

용혜원

(시인, 《함께 있으면 좋은 사람》 저자)

민들레의 눈높이

며칠 동안 무거운 주제의 책을 읽었습니다. 이런저런 질문이 가슴을 파고들었지만 선명하게 잡히는 것은 없었습니다. 그렇게 며칠을 보내던 중 이 책을 읽었습니다. 읽으면서 여러 번 마음이 뭉클했습니다. 여러 번 웃음도 지었는데, 철없는 아이가 쓴 것 같았기 때문입니다.

저자 김요한은 어른이 되어서도 자신 속에 있는 아이를 잃어버리지 않았습니다. 그가 순수를 지키기 위해 오랜 세월 동안 애쓴 것이라 말할 수도 있겠습니다. 가슴속에 '남아 있는 순수'는 세월이 지나면 사라질 수도 있지만, 신심으로 '지켜낸 순수'는 쉽사리 사라지지 않으리란 생각이 들었습니다.

이 책을 쓸 수 있었던 가장 큰 토대는 아마도 저자의 순수였을 것입니다. 아이의 눈으로 바라봐야만 비로소 포착되는 삶의 상황들은 저에게 많은 깨달음을 주었습니다.

그는 울림이 있는 글을 쓰고 싶다고 했습니다. 무엇보다 '울림'이 있는 사람이 되고 싶다고 했습니다. 내가 알고 있는 김요한은 이미 자신의 소망에 충분히 맞닿아 있는 분입니다. '민들레의 눈높이'를 가졌기에 그의 삶은 울림이 있습니다. 그가 쓰는 글은 아무 곳에나 피어나지만 아무렇게나 살아가지 않는 들꽃의 이야기, 바로 우리 가족과 친구와 이웃의 이야기이기에 더욱 커다란 울림이 있습니다.

이철환

(소설가,《연탄길》저자)

2부

마음

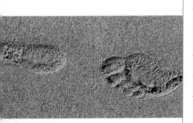

3부

생각

4부

習慣

감사의 말

1부

사

람

내겐 아직도 한쪽 다리가 남아 있다

저우다관周大觀, 1987~1997이라는 소년이 있었다. 1987년 10월에 타이완의 타이베이 시에서 태어난 저우다관은 아홉 살이 되던 해에 암을 발견하고 1997년 5월 투병 끝에 생을 마쳤다. 불과 10년을 채우지 못한 짧은 생이었다.

그런데 저우다관의 이야기는 그저 안타깝기만 한 것이 아니라 큰 울림을 주었다. 어린 다관은 서른 번의 방사선 치료, 두 차례의 대수술을 거친 데다 한쪽 다리를 잘라내는 고통 속에서도 희망을 잃지 않고 아름다운 그림과 시를 남겨주었다. 비록

"나는 한쪽 다리가 있잖아.
아름다운 세상을 다 다닐 거야."

오른쪽 다리를 잃었지만, '한쪽 다리를 잃었다'가 아니라 '아직 한쪽 다리가 남아 있다'는 것이 다관의 생각이었다. 어린 다관의 용기가 아름답기만 하다.

베토벤은 두 귀가 다 멀었고
두 눈이 다 먼 사람도 있어.
그래도 나는 한쪽 다리가 있잖아.
난 지구 위에 우뚝 설 거야.
헬렌 켈러는 두 눈이 다 멀었고,
두 다리를 다 못 쓰는 사람도 있어.
그래도 나는 한쪽 다리가 있잖아.
난 아름다운 세상을 다 다닐 거야.

아픔과 고통 속에서도 아름다운 세상을 꿈꾸고 바라보는 다관은 우리에게 큰 감동과 희망을 준다. 아니 어쩌면 그 아픔과 고통이 있었기에 세상의 아름다움이 보였는지도 모르겠다.

중국의 류웨이

양팔이 없는 중국의 피아니스트, 류웨이劉偉, 1987-라는 청년이
있다. AP통신과의 인터뷰에서 그는 말한다.

"피아노를 손으로 쳐야 한다고 정의한 사람은 없습니다."

류웨이는 발가락으로 피아노를 연주한다. 그는 10대 말부
터 발가락으로 피아노를 연주했다. 이 사연을 듣는 사람은 가
장 먼저 안타까움을 느끼겠지만 정작 그는 먹을 것과 입을 것
이 있고, 자신을 생각해주는 사람이 있는데 불평할 이유가 무
엇이냐고 말한다.

"피아노를 손으로 쳐야한다고
정의한 사람은 없습니다."

류웨이는 열 살 때 전기 감전 사고로 두 팔을 잃었다. 결국 인터넷 검색도, 먹는 것도, 옷을 입고 양치질을 하는 것도 모두 발로 한다. 그리고 음악은 자신의 일상이기 때문에 마치 공기를 마시는 것과 같다고 말한다. "다른 사람들이 손가락으로 피아노를 칠 때 자신은 발가락으로 치는 것뿐"이라고 말하는 그는 전 세계 장애인에게 희망을 주고 있는 아름다운 연주가다.

　우리는 과연 무엇 때문에 불평하는가? 우리의 환경 때문에, 우리가 처한 상황 때문에 살 힘과 이유가 없다고 하지 않는가? 불평과 불만이 자연스럽게 여겨질 만큼 넘쳐나는 현실에서 류웨이는 우리에게 잔잔한 도전과 감동을 준다. 아니, 도전과 감동을 넘어 새로운 희망을 품게 한다. 우리 모두가 류웨이의 피아노 반주를, 그의 글쓰기를, 그의 노래 솜씨를, 그의 영어 실력을, 그가 수영하는 모습을 한 번쯤 접해보면 좋겠다. 그리고 그가 온몸으로 전하고자 하는 희망을 피부로 느꼈으면 좋겠다. 류웨이야말로 남녀노소를 막론하고 인생의 가치와 오늘을 살아갈 이유에 대해서 우리를 가르칠 자격이 있는 진정한 스승 가운데 한 사람이다.

도전하는 아름다운 친구들

그림 그리기에 꽂힌 여섯 명의 친구들이 있다. 사람들이 이들을 보면 장애가 있다고 생각할 수 있다. 하지만 이 친구들은 누구보다 아름다운 마음으로 세상을 상상하는 어엿한 존재들이다.

자폐로 힘겹게 하루하루를 지내는 여섯 명의 화가들.

이 친구들이 오늘도 꽃을 그린다. 희망의 꽃을. 그리고 말한다. 그림을 그릴 수 있기에 행복하다고, 그림만 그려도 좋다고. 인호, 재현, 태영, 승훈, 병찬, 세중. 이들이 바로 그 주인공이다.

1

2

3

4

1 조재현, 〈재현이 나무〉, 52.5x38.3cm, 2010
2 계인호, 〈친구들〉, 52.5x38.3cm, 2010
3 김태영, 〈와 바닷속이네〉, 52.5x38.3cm, 2010
4 이병찬, 〈8시 뉴스〉, 52.5x38.3cm, 2010

이 여섯 화가의 작품은 오늘도 국내는 물론 해외에서까지 전시되고 있으며, 이들의 그림을 만나는 사람들은 큰 감동을 받고 있다. 특히 최근에는 안윤모 작가의 지도 아래 국내외에서 YAP(Yun-Mo Ahn with Autistic friends Project)이라는 이름으로 전시 활동을 하고 있다.

누군가 우리 삶이 마치 캔버스이며 우리는 화가와 같다고 말했다. 인생이라는 캔버스 위에 날마다 다양한 색깔과 모양의 그림을 그리고 있기 때문이다.

우리가 그리고 있는 그림이 과연 여섯 화가의 그림처럼 주변을 더 아름답게 하는지, 세상을 더 풍요롭게 하는지, 우리 자신을 더 가치 있게 하는지 돌아볼 일이다.

⑤ 김세중, 〈나무〉, 52.5x38.3cm, 2010
⑥ 이승훈, 〈스케이트 타요〉, 52.5x38.3cm, 2010

샤프 선생님

나의 형이 초등학교 4학년이 되던 해 여름에 우리 가족은 어머니의 고향인 미국 미시간 주에서 1년을 지냈다. 기대 반 두려움 반으로 시작된 미국 생활. 새로운 학교, 새로운 친구들, 그리고 익숙하지 않은 언어와 문화.

형이 듣게 된 첫 번째 수업은 영어 철자법이었다. 선생님은 두툼한 단어 카드를 한 움큼 손에 들고 말씀하셨다.

"이쪽 앞줄부터 시작이다. 스프링!"

그랬더니 가장 앞줄에 앉아 있던 아이가 일어나 큰 소리로

EDUCATION

말한다.

"에스, 피, 알, 아이, 엔, 지(S-P-R-I-N-G)!"

"좋아, 다음! 뉴스페이퍼!"

그러자 그 뒤에 앉은 학생이 자리에서 일어나 또박또박 말한다.

"엔, 이, 더블유, 에스, 피, 에이, 피, 이, 알(N-E-W-S-P-A-P-E-R)!"

순간 형은 걱정이 태산 같았다고 한다. 선생님이 내는 문제 중에 아는 단어가 하나도 없었기 때문이다. 형에게는 선생님의 질문에 따라 즉석에서 영어 철자를 척척 알아맞히는 아이들이 부러움의 대상일 수밖에. 간혹 철자를 틀리는 아이가 있으면 선생님은 카드를 내밀어 철자를 확인시켜주셨다.

형의 차례가 점점 다가오자 식은땀이 흘렀다. 그 어린 나이에 느꼈을 부담이 오죽했겠는가. 형의 고개는 점점 수그러들었다. 그런데 선생님은 형의 차례가 되자 자리에서 일어나 앞으로 나오라고 하셨다. 처음 학교에 온 학생…… 그것도 유학 온 한국 학생을 봐주기는커녕 칠판 앞으로 불러내시다니……. 믿기 싫은 일이 일어난 것이다. 이제 형은 웃음거리가 되거나 바보가 되거나 둘 중 하나였다. 형은 그때 발걸음조차 제대로 떨어지지 않았다고 한다.

너무 긴장한 나머지 주먹을 움켜쥐고 눈을 내리깐 채 칠판 앞에 섰을 때 선생님은 단어 카드를 들고 형 옆으로 다가오셨다. 바지에 오줌을 싸기 직전이었다고 한다. 그때 선생님이 큰 소리로 아이들을 향해 말씀하셨다.

"너희들, 선생님이 지난주에 얘기했지? 한국에서 온다는 전학생 말이야. 이 아이가 바로 그 친구야. 우리는 한국말을 하나도 모르는데 너는 한국말을 잘하니까 선생님 이름을 한국어로 칠판에 써줄 수 있겠니?"

형은 귀를 의심하면서 대답했다.

"네?"

그러고는 눈물이 왈칵 쏟아질 뻔했다고 한다.

'한국어로 선생님의 이름을 쓰라고? 그건 식은 죽 먹기지.'

선생님은 미세스 샤프Mrs.Sharp라 불렸고, 형은 칠판에 선생님의 이름을 큰 글씨로 적었다. '샤프.'

그러자 여기저기서 탄성과 환호성이 터져 나왔다.

"내 이름도 한국어로 써줘!"

"내 이름은 톰이야."

"나도, 나도! 나는 메리야!"

"나는 수전!"

그렇게 칠판에 이름을 적을 때마다 이이들은 환호하며 박수를 보냈다. 근심과 두려움이 순식간에 기쁨과 자신감으로 바뀌었고, 얼마 뒤에 선생님은 형에게 그만 자리에 들어가도 된다고 하셨다. 자리에 앉은 형은 그때 한 줄기 따뜻한 빛을 느꼈다고 한다.

수업 후에 아이들은 형에게 몰려들어 자신의 이름도 한국말로 공책에 써달라고 아우성이었고, 그 뒤로도 한국말 소동(?)은 쉽게 가라앉지 않아 다른 반 친구와 선배 들까지 몰려왔다. 형은 어느새 학교에서 유명인으로 급부상해 그 학교를 다니는 내내 '한국어로 이름 쓰기'가 유행하면서 인기가 땅에 떨어지는 날이 없었다.

그날 샤프 선생님은 '영어도 못하는 아이'가 될 뻔했던 형을

'한국어 잘하는 아이'로 만들어주신 것이다. 선생님은 형의 형편과 처지를 매우 잘 알고 계셨고, 형이 앞으로 겪을 어려움을 예측하셨던 것 같다. 그리고 한 아이의 부끄러움을 자신감으로 바꾸어주셨고, 스트레스와 열등감으로 왕따가 될 뻔했던 어린 소년에게 용기와 희망을 심어주셨다.

몽우 조셉킴

내가 뒤늦게 알게 된…… 그리고 흠모하게 된 우리나라의 화가가 있다. 하지만 그는 미술 대학교는 물론 초등학교도 졸업하지 못한 화가다. 건강과 가난 문제로 학교에 다닐 수 없는 상황이었고, 지금도 여러 가지 질병으로 간신히 그림을 그리고 있다. 다행히도 조셉킴의 미술적 재능이 널리 인정받아 그에게 많은 수식어가 붙었다. 천재 화가, 호당 1억 원의 화가 등. 그러나 그는 그런 화려한 수식어에 매달리지 않는다.

몇 해 전 그가 책 한 권을 출간하면서 그림도 책에 소개되었다. 책의 제목은《바보 화가》. 그에게 붙여진 별명 중 하나는 '몽우'로서, 이 별명에는 꿈을 꾸고, 꿈을 그리는 화가가 되고 싶다는 의미가 담겨 있다고 한다.

개인적으로 나는 그의 그림 못지않게 그가 쓴 글도 참 좋아한다. 그중 하나만 여기에 소개하려고 한다. 글의 제목은〈고추장, 된장, 삶은 계란의 다른 용도〉다.

나는 작품의 영감이 떠오를 때 그 즉시 그림을 그리지 않으면 미칠 것 같은 느낌이 들 때가 있다. 한번은 식당에서 작품의 영감이 떠올라서 김치, 고추장, 된장으로 식판과 밥상 위에 그림을 그렸는데 주인아줌마가 놀라셨는지 112로 전화를 하셔서 경찰이 날 체포하러 오셨다. 한두 번 더 체포된 뒤에 식당에서는 더 이상 작품 구상을 하지 않게 되었다. 하지만 지금도 맛있는 음식을 보면 그 아름다운 색깔로 그림을 그리고 싶은 충동이 든다.

한번은 집에서 삶은 계란으로 그림을 그린 적이 있다. 부모님이 외출하신 뒤 집에 있던 계란 세 판을 들통에 삶아서 그

계란으로 그림을 그렸다. 식탁 위에 흰자로 마티에르(재료, 재질, 작품 표면의 재질감)를 주고 노른자로 태양과 빛을 묘사했는데 정말 마음에 들었다. 부모님이 집에 오셔서 나의 작품을 보시더니 너무 감격하셨는지 눈을 크게 뜨셨다. 어머니가 나에게 식탁에 왜 계란과 고추장이 엉켜 있느냐고 물으셔서 새로운 장르의 예술을 시도하고 있다고 말씀드렸다. 그러자 두 분이 한참 밖에 나가셨다가 들어오시더니, 맛있는 걸 사주시겠다며 같이 나가자고 하셨다. 나는 부모님이 나의 작품 세계에 공감해 주시는 것 같아서 정말 기뻤다. 그리고 곧 먹게 될 맛있는 음식을 떠올리며 좋아했다. 그런데 갑자기 아버지와 어머니가 내 양팔을 단단히 붙드시더니 밖에 기다리고 있던 택시에 나를 태우셨다. 내가 간 곳은 정신 병원이었다. 거기서 졸린 약 먹고 주사 맞고 오랫동안 잠을 잤다.

《바보 화가》, 몽우 조셉킴, 동아일보사, 2011, 20~21쪽

나는 몽우의 그림과 글을 볼 때마다 적지 않은 도전과 감동

"현대인에게 빛과 희망을 불어넣어주는

그런 화가가 이 시대에 몇이나 있을까?"

을 받곤 한다. 특히나 절망을 희망으로 승화하는 내면의 아름다움에 깜짝깜짝 놀라지 않을 수 없다. 인간의 상상을 초월하는 온갖 환경적인 어두움을 몰아내고, 대신 그 자리에 놀라운 표현력으로 현대인에게 빛과 희망을 불어넣어주는 그런 화가가 이 시대에 몇이나 있을까?

식사 초대권

얼마 전에 '식사 초대권'을 하나 받았다. 누군가의 집에 손님으로 초대되어 받는 식사 초대권은 처음이었다. 그 작고 예쁜 카드 속에는 이런 글귀가 예쁜 손 글씨로 적혀 있었다.

이 초대권을 제시하시면 저희 가정이 제공해드리는 맛있는 식사를 함께하실 수 있음을 보증합니다.

발행인: 이길승 가족

유효 기간: 20XX년 12월 31일

주의 사항: 기한을 넘기거나 초대권을 분실했을 경우 본 가정에
밥을 사야 함을 엄중히 경고함.

그런데 안타깝게도 초대권을 분실해 표기된 대로 밥을 사야
만 했다. 받은 초대권을 분실해 오히려 초대한 사람들에게 식
사를 대접하게 되다니, 어떻게 보면 이 경험은 매우 황당하다.
하지만 감사하게도 나에겐 잊히지 않는 황홀하고 아름다운 추
억으로 오래도록 남을 듯하다. 한 가정을 초대하는 센스, 그리
고 그렇게 초대하기 위해 일부러 '식사 초대권'까지 만들어주
는 따스한 마음과 아름다운 손길이 느껴져서 대단히 흐뭇했다.
    요즘은 손 대접이 참 낯설어 보이는 시대다. 손님을 대접해
야 하는 경우라도 외식으로 하는 편이 훨씬 많다. 쉽고 편하기
때문이다. 하루하루 숨 가쁘게 돌아가는 이 시대에 그 편도 이
해가 되기는 한다. 하지만 맛있는 식사 한 끼로 우리에게 희망
을 주는 사람들이 있다는 생각을 하면 마음 한편이 따스해진
다. 여전히 수고스러움을 무릅쓰고서라도 이웃을 대하는 이들
이 우리 가까이에 어김없이 존재하기에 참으로 감사할 따름이

"결코 요란하거나 화려하지 않고 소박하더라도
우리에게 있는 밥과 반찬을 나누는 그런 만남만 있다면
우리 삶은 더 큰 사랑으로 살찌게 될 것이다."

다. 결코 요란하거나 화려하지 않고 소박하더라도 우리에게 있
는 밥과 반찬을 나누는 그런 만남만 있다면 우리 가정과 삶은
더 큰 기쁨과 사랑으로 살찌게 될 것이다.

운전하는 이유

2010년 여름, 운전면허 시험에 960번 도전한 할머니 이야기가 큰 화젯거리가 되었다. 전라북도 완주에 사시는 차사순 할머니. 69세의 연세에 자동차 면허 필기시험을 무려 960번을 본 할머니는 결국 시험에 합격했고, 마지막 기능 시험까지 합격하면서 2종 보통 면허 취득에 성공하셨다.

정말 놀라운 일이다. 아흔 번도 아니고, 아흔의 열 번도 아니고 자그마치 1,000번에 가까운 횟수라니……. 생각할수록 할머니의 도전 정신에 입이 다물어지지 않는다. 어떤 일을 해내기

"배우자가 먼저 떠나 혼자 되신 시골 마을의 어르신들.
자녀들마저 각각의 일거리를 찾아 타지로 떠난 고즈넉한 마을."

전 몸이나 마음이 조금만 불편해도 쉽게 포기하고 마는 요즘
세상에 차사순 할머니는 많은 일에서 우리의 의지가 얼마나 약
한지 깨우쳐주신다. 어떤 일이 내 마음과 생각대로 되지 않아
벽에 부딪힐 때 우리는 얼마나 간단히 기권해버리는가. 나 역
시 할머니와 같은 상황에 있었다면 열 번, 아무리 많아도 스무
번 정도 시도한 끝에는 포기했을 것이다. 차사순 할머니의 의

지는 나를 마냥 부끄럽게 한다.

그런데 우리를 더 부끄럽게 하는 사실이 한 가지 더 있다. 누군가 차사순 할머니에게 왜 그렇게 운전면허에 집착하게 되었는지 이유를 물었다. 그러자 할머니는 한마디로 마을에 연로하신 어르신들이 이동하는 데 불편함이 많아 그들을 마음껏 모시고 다니기 위해서라고 했다.

배우자가 먼저 떠나 혼자 되신 시골 마을의 어르신들.

자녀들마저 각각의 일거리를 찾아 타지로 떠나 고즈넉한 마을. 그 마을 어른들을 생각하는 한 사람.

69세에 거동이 불편한 동네 할머니들을 위해 차를 마음껏 태워드리고 싶다며 960번의 도전 끝에 간신히 운전면허를 취득한 전북 완주의 차사순 할머니.

완주의 구석진 시골 마을에 차사순 할머니가 운전하는 차를 타고 웃음꽃을 피울 동네 어르신들의 얼굴을 상상해본다.

바로 여기에 희망이 있다.

미래가 있다.

아름다움이 있다.

그래도 인생은

이름만 들어본 김동길金東吉, 1928~ 교수님을 처음으로 만나게 되었다. 그동안 그저 먼발치에서만 보았던 어르신. 우리나라에서는 보기 드물게 나비넥타이를 매는 독특한 신사. 그날이 그분을 만난 처음이자 마지막이었다.

교수님의 강의를 들은 뒤 점심을 모실 기회가 있었다. 그래서 여쭈어보았다. 어떤 음식을 좋아하시는지. 이런 질문은 어른에게 예의상 드리는 것 아니겠는가. 그래도 선택의 폭을 좁혀드리는 편이 좋을 듯해 중식, 일식, 한식 중에서 어떤 음식을 좋아하시는지 여쭈었다.

하지만 돌아온 대답은 정말 뜻밖이었다. 교수님은 거꾸로 우리 아이들이 좋아하는 음식이 무엇이냐고 묻는 것 아닌가. 정말 난처했다. 그래서 말씀드렸다. 우리 아이들은 같이 갈 계획이 없다고 말이다. 그랬더니 그분 말씀이 아이들이 안 가면 밥을 같이 안 드시겠단다. 이런 걸 보고 김밥 옆구리 터지는 소리라고 하지 않나 싶었다. 속으로 얌전히 생각했다.

'참 웃기는 양반이다.'

어쩔 수 없이 솔직하게 아이들은 짜장면을 좋아한다고 했더니 중국집에 가자고 하신다. 약간 당황스럽기야 했지만 어르신의 말씀이니 거부할 수 있는 처지도 아니었다.

그렇게 중국집엘 가게 되었다. 아이들도 싫어하지 않는 눈치였다. 식당에 들어서자 어느 종업원이 교수님을 알아보고 대뜸 '사인'을 부탁한다. 종이가 있느냐고 물으시니 큼지막한 A4 용지를 하나 얼른 찾아드린다. 사인을 어떻게 하실지 궁금해서 교수님의 어깨너머로 사인에 달린 글귀를 슬쩍 훔쳐보았다. 그날 그 식당에서 종업원의 요청에 부드럽고 정성스레 사인해주

"인생은 고통스럽지만 아름다운 것이다."

신 글의 내용이 아직도 잊히질 않는다.

"인생은 고통스럽지만 아름다운 것이다."

그날부터 생각했다. 인생이란 그런 거구나. 고통은 누구에게나 찾아오는 일. 하지만 그것을 어떻게 바라보느냐의 문제인 것.

교수님은 처음 보는 종업원에게 그날 희망 보따리를 선물해 주었다. 동시에 나도 그 희망을 조금은 맛볼 수 있었다. 그리고 짜장면까지 사주셨다. 대접하러 갔다가 도리어 대접만 받았다. 나는 김동길 교수님을 잘 모른다. 하지만 그분이 희망을 주는 사람임을 피부로 느낄 수 있었다.

젓갈 장사 할머니

 노량진 시장에서 젓갈을 80 평생토록 팔아온 할머니가 있다. 그렇게 오랜 세월 동안 팔아온 젓갈로 23억 원을 교육계에 기부한 유양선 할머니. 할머니는 2001년 한 전자 회사 텔레비전 광고에서 디지털을 돼지털로 발음해 '돼지털 할머니'로 더 많이 알려지셨다.

 학교에 다닐 돈이 모자라 꿈과 희망을 포기하는 젊은이가 없기를 바라는 할머니의 간절함이 도움이 필요한 많은 사람에게 전달되었다.

허리가 휘도록.

젓갈 팔아 모은.

23억 원 모두를.

기꺼이 기부한.

노량진 시장의.

돼지털 할머니.

곱고 아름다운.

유양선 할머니.

목인균 원장님

미장원을 찾아온 92세 할머니. 목인균 원장님께 파마를 하고 싶다고 부탁하신다.

"할머니, 보호자랑 오셔야 해요. 너무 시간이 오래 걸리니까 힘드실 수 있거든요."

그러자 할머니가 말씀하신다.

"여기까지 걸어오는 데 한 시간 걸렸어. 머리 좀 해줘. 오늘 하면 언제 또 할 수 있을지 어떻게 알아? 오늘이 천국 가기 전에 마지막 머리 하는 날일 수도 있거든. 꼭 좀 해줘요."

원장님은 할머니의 부탁에 마지못해 머리를 해주기 시작한다. 다 끝나고 계산을 하는데 할머니가 쌈짓돈 뭉치를 바지 속에서 겨우 꺼내신다. 만 원짜리 한 장, 천 원짜리 두 장. 꼬깃꼬깃한 종이돈을 주섬주섬 꺼내신다. 그런데 원장님이 2,000원만 받는다고 하며 할머니께 만 원을 돌려드린다.

요즘 같은 세상에 머리를 해주고 2,000원만 받는 미용실이 있을까? 역시나 이 파마 비용 때문에 일이 흐뭇하게만 끝나지는 않았다. 약 한 시간 뒤 할머니가 다시 나타나 불같이 화를 내신 것이다.

"왜 이렇게 돈을 조금 받았어? 그럼 안 되지!"

그러자 원장님은 할머니들의 자존심을 잘못 건드리면 상처 입으신다고 내게 살짝 귀띔해주며 즉각 대답하신다.

"계산을 잘못 한 것 같아요."

그러고는 만 원짜리 지폐를 받고, 거스름돈을 드린다. 조금이라도 더 받지 않으면 할머니께서 또 화를 내실까 무서워서 1,000원을 더 받고 9,000원을 드린다.

할머니, 이제 돈도 제대로 냈겠다, 거스름돈도 1,000원짜리 아홉 장 두둑하니 다시 바지에 넣어 흐뭇한 마음으로 돌아가신다.

다른 할머니 손님이 찾아오셨다. 이분은 연세가 96세. 미장원은 엘리베이터 없는 아파트 상가 2층에 위치해 있다. 이 할머니는 미용실에 올 때 다른 문제는 없는데, 계단을 올라오는 것이 힘들어서 2층까지 기어서 오신다고 한다. 그래도 미용실 오실 때가 가장 행복하시다고 한다.

이분도 원장님께 파마를 부탁한다.

"안 돼요. 너무 오래 걸려서 힘드세요. 보호자분이랑 같이 오세용~."

그러자 그건 안 된다고 하신다. 보호자라고는 아들 하나밖에 없는데, 아들은 70세. 게다가 암 환자. 당신보다 더 약하단다. 그러니 어떻게 그 아들에게 부담을 주고 미용실에 데려다 달라 할 수 있겠는가. 참으로 딱한 사정이다. 원장님은 이번에도 머리를 해드리기로 한다.

파마가 끝나고 다시 계산 시간이 왔다. 비용을 지불하시는데, 며느리가 주었다는 5만 원짜리 지폐 한 장을 내미신다. 5만

원을 내시며 할머니는 5,000원짜리인 줄 알았다고 말씀하신다. 색깔이 너무 비슷해서 구분하실 수가 없었던 것이다.

어쨌든 목 원장님은 5만 원권을 받고 4만 8,000원을 거슬러 드린다. 이번에도 2,000원만 받는다.

할머니는 다시 아가씨가 된 듯한 마음으로 미장원을 나서신다.

그런데 얼마 뒤, 이번 할머니 역시 다시 찾아와서 화를 내신다. 왜 그렇게 거스름돈을 많이 주느냐고. 원장님은 차분히 설명하신다.

"5,000원이 아니라 5만 원을 주셨잖아요. 그래서 거스름돈이 그렇게 많은 거예요. 내가 돈을 더 드린 게 아니고요."

그래도 할머니는 어쨌든 거스름돈이 너무 많다고 말씀하신다. 결국 원장님이 할머니 앞에서 1,000원짜리 하나를 빼서 주머니에 넣고, 남은 돈 돌려드린다.

그러자 씩 웃으면서 고맙다 하고 할머니는 다시 집으로…….

"연세가 96세.

그래도 미용실 올 때가 가장 행복하시다고 한다."

고팔수 아저씨

고팔수. 이름이 참 희한하다. 어느 부모도 자식에게 그런 이름을 지어줄 것 같지는 않다. 그런데 이 이름은 한국인의 것이 아니다. 1950년도에 한국전에 참전한 미군 상사 중 파워스Carl L.Powers라는 분이 계셨는데, 그분의 영문 이름을 발음 그대로 옮겨서 누군가 '고팔수'라는 이름을 지어주었다.

사실 고팔수 상사는 우리 가족에게 은인과 같은 존재다. 아버지는 6·25 전쟁 당시 중학생이었는데, 학교 건물이 폭격으로 파괴돼 등교할 수 없는 상황이었다. 그렇게 빈둥빈둥 노는 것도 하루 이틀. 결국 친구들과 함께 미군이 여기저기 천막 치고 이동하는 것을 호기심 있게 관찰하다가 미군의 가사를 돕는 '하우스보이' 노릇을 하게 된다. 주로 땔감을 찾아오고, 천막 안의 식기나 군화 등을 청소하고, 빨래도 돕고, 정리 정돈을 해주는 대가로 담배, 초콜릿, 과자, 통조림 등을 얻을 수 있으니 수입도 꽤 짭짤했다. 게다가 영어까지 공짜로 배울 수 있는 기회를 어떻게 놓칠 수 있겠는가.

그렇게 출퇴근(?)을 하는데 유독 아버지가 고팔수 상사의 눈에 띄기 시작했다. 아버지의 부지런함과 발 빠른 몸놀림, 성실함에 감동을 받았다고 한다. 대학 재학 중, 파워스 상사는 미국 정부에서 한국전 지원병을 찾는 공고를 보고 참전하게 되면서 대학 생활을 잠시 접었다. 그러고는 가족의 반대를 무릅쓰고 스무 살 나이에 한국에 왔다.

폐허 된 땅, 비참한 싸움터에서 파워스 상사는 무엇보다 한국의 젊은 학생들에게 마음이 끌렸다. 저들에게 어떤 미래가 있을지 상상하게 되면서 전쟁이 낳은 결과에 마음이 아팠고, 한국 젊은이들의 친구가 되기로 했다.

"국적도, 언어도, 문화도, 생각도,

모든 것이 다른 한 명의 열다섯 살 한국인 소년을 위해

일방적으로 베푸는, 그야말로 설명할 수 없는 사랑."

그런 파워스 상사에게 한 가지 꿈이 생겼다. 단순히 전쟁의 폐허에 마음 아파만 할 것이 아니라, 자신이 할 수 있는 일 한 가지를 찾고자 했다. 그 한 가지는 젊은이들에게 미국 유학을 통해 공부할 기회를 제공하는 것이었다. 그러나 한국의 모든 학생, 모든 전쟁고아를 미국에 데려갈 수는 없는 노릇 아닌가.

고민 끝에 파워스 상사는 한 명의 학생을 선택하게 되었는데, 그 학생이 바로 우리 아버지였다. 처음에 미국 유학 제안을 받았을 때 아버지는 완고히 거부했다. 파워스 상사가 특별히 베풀어준 고마운 제안이었음에도 불구하고 쉽게 수락할 수 없었다. 문제는 파워스 상사가 쉽게 포기하지 않았다는 것이다. 아버지는 세 가지 핑계를 댔다.

영어를 못하기 때문에 미국 학교에 가서 공부하는 것은 상상할 수도 없고, 키가 너무 작기 때문에 현지에서 적응하기 매우 어려울 테며, 집안의 막내이기 때문에 어머니께서 승낙할 리가 없다는 것이다. 모두 어느 정도 설득력 있는 내용이었다. 하지만 그럼에도 불구하고 파워스 상사는 이렇게 대답했다. 영어는 조금만 공부하면 터득할 수 있고, 키는 미국에 가서 버터랑 빵을 많이 먹으면 자라게 될 테며, 어머님은 당신이 통역관을 데리고 찾아가서 설득하겠다고. 결국 그의 말대로 일이 진행되면서 아버지는 오랜 준비 기간 끝에 모든 서류를 완성하고, 샌프란시스코로 향하는 배에 올랐다.

파워스 상사는 아버지를 먼저 보내면서 미국에 있는 가족과 친구들에게 아버지를 잘 돌봐달라고 부탁했다. 파워스 상사 본인은 전쟁 중에 떠날 수 없는 군인 신분이었던 터라 나중에야 아버지와 합류하게 된다. 하지만 미국으로 돌아온 파워스 상사는 자신의 학업을 지속하는 대신, 아버지의 학업을 지원하기 위해 두 가지 일을 병행하면서 9년간 아버지의 모든 학비와 생활비를 부담했다. 국적도, 언어도, 문화도, 생각도, 모든 것이 다른 한 명의 열다섯 살 한국인 소년을 위해 일방적으로 베푸는, 그야말로 설명할 수 없는 사랑을 행한 것이다.

아버지는 은인의 도움에 힘입어 학업에 몰두했고, 대학 졸업 무렵 미국인 여성 트루디 스티븐스Trudy Stephens를 만나 결국 국제결혼까지 하게 된다. 두 사람은 학업을 마친 뒤, 오래전 파워스 상사와 약속한 대로 다시 한국에 돌아가기로 결심한다.

파워스 상사는 아버지의 은인인 동시에 우리 가족 모두의 은인이다. 그분이 우리나라를 위해 기꺼이 희생한 꽃다운 청춘, 그리고 우리 아버지를 위해 보여준 말도 안 되는 사랑, 이 모든 것이 사실은 오늘의 나를 만든 셈이다.

그런 의미에서 나에게는 아버지 같기도 하고, 선생님 같기도 하고, 가까운 형 같기도 하고, 친구 같기도 한 파워스 아저씨. 그분이 최근에 운명을 달리하셨다. 평생을 버지니아의 한 산골짜기 탄광촌에서 초등학교 교사로 헌신해오신 파워스 아저씨가 암으로 투병하던 중 최근 85세를 일기로 천국에 가셨다.

그분은 그렇게 이 땅에 작은 씨앗이 되어주셨다. 파워스 아저씨의 죽음을 내가 슬퍼하는 것은 마땅한 일이지만 그분은 아마도 내가 마냥 슬퍼하기만을 원치 않으실 것이다. 오히려 나도 그분처럼 희망과 사랑의 씨앗을 심는 사람이 되길 바라실 것이다.

베드란 스마일로비치

스티븐 갤러웨이Steven Galloway, 1975~의 소설《사라예보의 첼리스트》는 보스니아 분쟁이 일어난 1992년, 유고슬라비아의 수도 사라예보에서 있었던 실제 이야기를 담았다. 보스니아 – 헤르체고비나에서 보스니아인과 세르비아인, 크로아티아인 사이에서 민족과 종교 간 갈등으로 보스니아 분쟁이 일어났다. 이 전쟁은 1992년 4월부터 1995년 12월까지 이어졌다.

당시 사라예보는 몇 달 동안 세르비아계 민병대의 위협 아래 있었고 외부와 단절되어 있었다. 사라예보 사람들은 식량과 물조차 구하기 어려운 상황이었다. 민병대의 총을 피해 하루하루를 연명할 빵을 찾아다니던 사람들은 어느 날 반가운 소식을 듣는다. 어떤 가게에서 빵을 판다는 소식이었다. 사람들이 먹을 것을 구하기 위해 빵집 앞에서 길게 줄을 서서 기다리고 있었다. 그때 사람들의 머리 위로 포탄이 떨어졌다. 포탄은 그 자리에 있던 스물두 명의 목숨을 앗아 가고 100여 명의 부상자를 냈다. 멀리 언덕 위에서 날아온 포탄은 총을 든 군인과 그저 먹을거리를 구하기 위해 거리로 나선 사람들을 구별하지 않았던 것이다.

다음 날, 폐허가 된 그 거리에 첼리스트 한 사람이 찾아왔다. 이 첼리스트는 사라예보 국립도서관 앞에서 첼로를 연주하던 베드란 스마일로비치Vedran Smailovic, 1956~다. 남루한 검은 연주복 차림으로 큰 첼로 케이스와 연주용 의자를 들고 나타난 그는 포탄이 떨어진 자리에 의자를 내려놓고 첼로를 꺼내 든 뒤 알비노니Tomaso Albinoni, 1671~1751의 장엄하면서도 애절한 〈아다지오 사단조〉를 연주했다.

이 첼리스트는 전쟁 전까지 사라예보 필하모닉에서 활동하던 음악가였다. 전쟁으로 더는 연주하지 못하게 되자 그 역시 다른 사람들처럼 하루하루를 고단하게 살고 있었다. 그러던 어느 날 스물두 명이나 되는 사람이 목숨을 잃은 사건을 접한 그는 전쟁의 비극이 사라지고 평화가 오길 희망하면서 현실 속에서 자신이 무엇을 해야 할지 고민했다. 그리고 포탄에 목숨을 잃은 스물두 명을 추모하며 22일 동안 첼로를 연주했다.

언제 또 포탄이 날아올지 모르는 상황에서도 그는 두려움 없이 첼로를 연주했다. 저격수와 포탄의 위협을 피해 근처 건물 아래에 몸을 숨긴 사람들은 그가 연주하는 곡을 들으며 슬픔을 달래고 평화를 꿈꾸었다. 죽음을 무릅쓴 그의 예술적 헌신은 결국 희망이 보이지 않는 곳에서도 희망의 끈을 놓치지 않게 하는 힘이 되었다.

"저격수와 포탄의 위협을 피해 근처 건물 아래에 몸을 숨긴 사람들은 베드란 스마일로비치가 연주하는 첼로 곡을 들으며 슬픔을 달래고 평화를 꿈꾸었다."

가장 듣기 싫은 말

얼마 전 한 텔레비전 프로그램 중에서 국가 대표 올림픽 선수들의 고백을 들은 적이 있다. 피땀 어린 훈련을 하는 선수들에게 코치가 하는 말 중에 가장 상처 되고 듣기 싫은 말이 있다는 것이다. 5위부터 살펴보면 다음과 같다.

5위. 외박 없다.

4위. 나도 너만큼은 하겠다.

3위. 한 번만 더!(고된 훈련 끝에 도저히 일어날 기운조차 없을 때 말이다.)

2위. 그것밖에 못하냐?

1위. 집에 가라, 집에 가!

올림픽 국가 대표 선수가 되기까지 얼마나 혹독한 훈련 기간을 거쳐왔을까. 더욱이 대회 결과가 금메달이든, 은메달이든, 동메달이든, 심지어 무메달이든 한 나라의 대표 선수가 되는 일은 아무나 하는 것이 아니다. 뚜렷한 목표 의식을 가진 선수 본인의 피땀 나는 노력은 물론이거니와, 코치의 헌신, 코치와 이루는 팀워크가 아니고서는 절대 대표 선수가 될 수 없다.

까다로운 음식 조절, 체중 조절, 같은 동작을 셀 수 없이 반복하는 일을 견뎌야 할 뿐 아니라 메달을 따지 못하면 또다시 4년을 기다려야 하는 아픔 등 대표 선수가 되기 위한 과정은 끝없는 자기와의 싸움에서 이기는 일이다. 올림픽 메달은 하늘이 내려주는 선물이라는 말이 괜히 나오겠는가.

그런데 코치가 툭툭 던지는 저 말들은 선수들에게 때로 상처가 되기도 하고, 의욕을 꺾기도 할 것이다. 물론 사람이 사노

라면 때로 듣기 싫은 말도, 짜증 나게 하는 말도, 마음을 상하게 하는 말도 참고 들어야 할 필요가 있다. 아무리 실력이 뛰어난 선수도 코치의 쓴소리나 잔소리가 없으면 최고 경지에 오를 수 없다. 그들은 모든 인내를 모아 온갖 힘듦을 견딘다.

그럼에도 불구하고 한마디 말에 의욕을 잃기도 하는 것이다. 한 나라의 대표 선수이기 전에 여린 감정을 지닌 보통의 한 개인이기 때문이다.

이런 일은 비단 올림픽 국가 대표 선수에게만 해당되는 것은 아니다. 가만히 생각해보면 우리 모두에게 해당되는 일이 아니 겠는가. 우리를 죽이는 말이 있는가 하면 우리를 살리는 말도 있는 법이다. 우리를 지치게 하는 말이 있는가 하면 좀 더 살맛 나게 하는 말도 있는 법이다.

오늘 내가 누군가에게 들었던 말은 무엇이며, 나는 타인에게 어떤 말을 던졌는가?

우리는 오늘 다른 사람에게 어떤 말을 할 것인가?

그리고 내일 나는 타인에게 어떤 말을 할 것인가?

"우리는 오늘 다른 사람에게 어떤 말을 할 것인가?"

현재인 사모님

오래전, 강원도 태백에 위치한 '예수원'이라는 곳을 가족과 함께 찾아간 적이 있다. 지금은 고인이 되셨지만 대천덕Reuben Archer Torrey III, 1918~2002 신부님과 현재인Jane Grey Torrey, 1921~2012 사모님이 묻힌 곳이기도 하다. 두 분은 한국을 끔찍이 사랑하셨다. 그리고 그 사랑을 말로만이 아닌 온몸으로 보여주셨다. 지금도 예수원은 북한 동포를 돕기 위한 가축 사업(농장)을 하고 있으며, 통일을 준비하는 모임인 '북한 학교'는 물론, 지역의 소외되기 쉬운 어린이를 위한 학교를 운영하고 있다.

우리 가족이 예수원을 방문했을 당시는 현재인 사모님, 그리고 따님 얀시가 있었다. 그곳에서 길지 않은 시간을 보내는 동안 기억에 남는 여러 가지 일이 있었다. 그중에서도 저녁 6시가 되면 '삼종'이라고 해서 열여덟 번의 종이 울리는 시간에 있었던 일을 아직도 잊을 수 없다. 그때만큼은 온종일 흩어져 있던 사람들이 한자리에 모여 저녁 식사를 같이한다. 하지만 그곳의 전통에 따라 종이 열여덟 번 울리기 전에는 아무도 음식을 먹지 않는다. 그래서 타종이 되는 동안 모두 조용히 기도를 하는 것이다. 종이 천천히 울리기 때문에 약 2분가량이 지나야만 열여덟 번이 모두 울린다.

문제는 우리 막내 아이였다. 그 당시만 해도 아직 나이가 어린 데다, 음식은 코앞에 놓여 있는데 자꾸만 이상한 종소리만 들려오고, 주변에 앉아 있는 사람들은 전부 기도한답시고 눈 감은 채 가만히 앉아 있기만 하지, 성격이 급한 이 아이에게는 도무지 이해되지 않는 장면의 연속일 뿐이었다.

결국 아이가 사고를 치고 말았다. 조금만 더 참았으면 좋았을 텐데 기어이 자리에서 벌떡 일어나더니 큰 소리로 종소리를 흉내 내는 것 아닌가.

"땅 땅 땅 땅…… 그만!"

결국엔 이렇게 혼자서 남은 종을 다 울려버린 엽기적인 사고가 일어나고 말았다. 화가 나기도 하고 난처하기도 한 상황에서 현재인 사모님은 나에게 다가와 미소를 지으며 아주 침착하게 위로해주셨다.

"우리 예수원의 기도 시간이 너무 길지요?"

그때 그분의 모습과 말 한마디는 순식간에 내 긴장을 풀어주었다.

두 번째로 정말 그곳에서의 추억 중에서 잊히지 않는 것은 현재인 사모님의 부엌이다. 아침마다 우리 다섯 식구를 초대해주시고 오후에도 사모님 댁에서 직접 음식을 장만해주셔서 정말 몸 둘 바를 몰랐다. 그래서 식사를 같이한 뒤에 적어도 설거지 정도는 해야겠다는 생각에 빈 접시와 컵 등을 들고 부엌 쪽으로 갔다. 그런데 부엌은 이미 따님인 얀시가 차지한 뒤였다. 그래도 들어가 얀시를 도우려고 했다. 그때 나는 큰 충격을 받았다. 그 부엌은 한 사람이 겨우 들어갈 수 있는 작디작은 공간

"그날 나는 현재인 사모님의 조그마하고 소박한 부엌에서

어느 것에도 비할 바 없는 큰 감동을 받았다."

이었다. 한 사람 외에 다른 사람은 발 디딜 틈조차 없을 정도로 비좁았다. 그날 현재인 사모님의 조그마하고 소박한 부엌은 예수원에서 내가 느끼고 배운 그 어떤 교훈이나 경험보다 소중하게 마음 깊은 곳에 자리하고 있다.

세상은 크고 작음, 많고 적음 등으로 기준을 세우고 가치를 판단한다. 하지만 작고 보잘것없다고 해서 모두 무시할 수는 없다. 나는 예수원의 그 작은 부엌에서 남을 배려할 줄 아는 현재인 사모님의 넉넉한 마음을 느꼈고, 어느 것에도 비할 바 없는 큰 감동을 받았다. 여전히 나에겐 그 작은 부엌이 세상에서 가장 아름답고 커다란 부엌으로 기억되고 있다.

못 말리는 우리 엄마

나의 어머니는 무엇이든 버리는 일에 도사시다. 집 안에서 혹시라도 어떤 물건이 없어지면 우리 집 식구들은 항상 어머니를 가장 먼저 의심한다. 대부분의 경우 그 물건을 학교 '바자회'에 내가신 것이 틀림없기 때문이랄까. 요즘은 어머니도 오리발 내미실 때가 많다. 우리 중에 누가 어머니에게 그 물건 내놓으라고 책임을 묻기만 하면 이제는 대답이 똑같다.

"나 그거 본 기억 없어."

그러면 사실 탐정 놀이는 끝난다. 증거가 없는데 어떻게 대화를 이어갈 수 있겠는가. 게다가 바자회를 수시로 여는 것도 문제다. 어떻게 그 많은 바자회를 다 눈 빠지도록 지켜볼 수 있겠는가? 그래서 어머니가 일하시는 학교 안에 위치한 커피숍 직원들은 어머니가 바자회를 한번 열면 괜찮은 물건들이 나온다는 사실을 미리 알고 돈을 두둑이 챙겨 온다. 아버지의 양복에서부터 넥타이, 와이셔츠, 과일 등 눈에 보이는 괜찮은 물건은 모두 바자회용이 된다.

한번은 아버지가 몽블랑 펜을 선물로 받으셨다. 어찌나 탐이 나는지 어느 날 용기를 내서 아버지께 여쭈었다.

"아버지, 그 몽블랑 펜 혹시 제가 써도 될까요? 저에게 주신다면 더 열심히 글도 쓸게요."

아버지는 몽블랑 펜에는 별 관심이 없으셨는지 아무렇지도 않게 그러라고 말씀하셨다. 나는 방에 들어가 문을 닫고 춤을 추면서 몽블랑 펜이 들어 있는 상자에 수십 번 키스를 했다. 그러고는 책장에 잘 모셔두었다. 몽블랑은 케이스 자체도 얼마나 그럴듯하고 품위 있는지!

근데 웬걸? 잘 모셔두었던 그 펜이 어느 날 자취를 감추었다.

속으로 생각했다. 내가 다른 데 옮겨두었나? 분명 아니었다. 그런데 아무리 사방을 찾아봐도 펜은 보이질 않았고 결국 생각나는 것은 한 가지밖에 없었다. 아니, 설마 어머니가 또?

설마가 사람 잡는다는 말이 괜히 생기지는 않았나 보다. 순간 '아차!' 싶었다. 아버지께 물려받은 후 너무 아까워서 한 번도 써보지 않은 펜이었다. 가격으로 따져도 40에서 50만 원은 나가는 물건이었다. 그 펜이 아까워서 사용해볼 엄두를 못 냈다.

어머니를 찾아갔다. 간절한 마음으로. 밤이면 밤마다 끌어안고 잠들던 그 펜, 제대로 꺼내보지도 못하고 한번 써보지도 못한 그 펜……. 어머니 혹시? 어머니는 내 말이 채 끝나기도 전에 빙그레 미소를 지으셨다. 죽을 맛이 따로 없었다. 아무리 어머니지만 너무 잔인하다는 생각에 눈물이 나올 것만 같았다.

간신히 눈물을 참으며 도대체 얼마에 파셨는지 여쭈어보았다. 그것마저 실수였다. 5,000원에 팔았다는 말에 상처만 더 깊어졌기 때문이다. 몇십만 원짜리 몽블랑 펜을 몇천 원에 바자회 상품으로 내놓다니, 정말이지 기가 막힐 노릇이었다.

나는 하는 수 없이 마음을 뜯어 고쳐먹기로 했다.

"어머니는 아마 알고 계셨던 것 같다.

세상의 가치는 소유에 있는 것이 아니라,

사랑하고 나눠주는 일에 있다는 것을 말이다."

"나보다 그 펜을 더 필요로 하는 사람이 있겠지, 뭘."

물론 요렇게 생각하기까지는 사실 많은 시간이 걸렸다. 그때는 나에게 소중한 물건을 손쉽게 팔아치운 어머니가 밉고 원망스럽기까지 했다. 하지만 세월이 지나니 펜은 그냥 펜이라는 생각이 든다. 그래서인지 지금은 펜에 대한 집착도 없다. 그리고 몇십만 원짜리 명품 펜을 단돈 몇천 원에 내놓을 수 있는 어머니가 얼마나 대단한지 새삼 생각하게 된다. 사람은 누구나 아끼는 물건이 있고, 그것을 내놓고 싶지 않게 마련인데 어느 것 하나 아까워하지 않고 선뜻 내놓는 어머니가 고맙고 자랑스럽기까지 하다.

어머니는 아마 알고 계셨던 것 같다. 세상의 가치는 소유에 있는 것이 아니라, 사랑하고 나눠주는 일에 있다는 사실을 말이다. 세상을 살다 보면 버려야 할 것이 얼마나 많은지 모른다. 오늘도 살펴야 될 것 같다. 혹시 바자회에 내놓을 만한 물건이 있는지 말이다.

2부

마

음

고맙다는 말, 사랑한다는 말, 힘내라는 말

우리 주변에는 말을 지나치게 많이 하는 사람이 있다. 말을 지나치게 많이 하면 듣는 사람은 피곤해진다. 심지어 뷰크너 Frederick Buechner, 1926~는 "말은 피곤해진다(Words get tired)"라는 표현까지 남겼다.

비록 같은 말을 해도 절제력이 있는 사람에게 더 끌릴 수밖에 없다. 그만큼 말을 아끼는 사람은 현명하다.

하지만 무작정 침묵한다고 해서 능사는 아니다. 때때로 우리가 들어야 할 말이 있는가 하면 건네야 할 말도 있다. 어떤 말들이 있을까? 가장 흔하게는 상대의 안부를 묻는 말이 될 수 도 있다.

혹은 고맙다는 말,

사랑한다는 말,

미안하다는 말,

잘했다는 말,

힘내라는 말이 될 수도 있다.

이와 같은 말은 아무리 많이 해도 부족하지 않다. 조금 서툴 더라도 익숙하지 않아도 아끼지 않아야 좋은 말들이다.

누군가에게 작은 힘을 실어주는 한마디 말은 인생의 전환점 이 되기도 한다. 한 사람의 인생에 이만큼 가치 있는 일이 더 무엇이 있겠는가.

오늘은 선택하자. 표현에 인색하지 않기로.

어린아이에게,

어르신에게,

무엇보다 가장 가까운 가족에게

말을 걸자.

"고맙다는 말, 사랑한다는 말, 미안하다는 말,

잘했다는 말, 힘내라는 말."

희망의 의미

우리 주변에는 희망을 주는 천사들이 있다. 때로는 물질로, 때로는 작은 도움의 손길로 보이지 않게 희망이 전해지고 있다. 어떤 형태로든지 자신을 움직여서 다른 사람을 일으키는 사람들이 바로 그 천사들이다. 희망 천사라고나 할까?

저들이 없다면 우리네 세상은 얼마나 각박할까? 얼마나 차갑고 어두울까? 그나마 희망 천사들이 곳곳에 있기에 살맛 나는 세상이 아닐까 싶다.

사실 누구나 희망 천사가 될 수 있다. 고개를 돌리고 눈을

"2음절밖에 되지 않는 '희망'이라는 단어 하나는
수많은 이에게 새로운 시작을 의미한다."

연다면 얼마든지 가능하다. 돈이 드는 일도, 그리 많은 수고가 필요한 일도 아니다. 누군가에게 부드럽고 따스한 눈길과 미소를 주는 일, 넘어진 사람의 손을 잡아주는 일도 결코 어렵지 않다. 조금만 찾아보면 기회는 늘 있다. 천사가 될 수 있는 기회 말이다.

〈원트 백 다운Won't back down〉(2012)이라는 영화가 있다. 직역하면 '포기하지 않겠다'는 뜻으로, 읽기 장애가 있어 글을 읽지 못하는 소녀가 영화의 주인공으로 등장한다.

아이의 엄마는 자신의 딸과 같은 장애를 가진 아이들에게도 '제대로 된' 교육을 제공하는 학교가 있다는 사실을 알게 되지만 그림의 떡일 뿐이다. 특수 학교에 아이를 보낼 수 있는 형편이 못 되기 때문이다. 다급한 엄마는 일반 학교의 문도 두드려 보지만 돌아오는 반응은 싸늘한 시선뿐.

아무도 관심 갖지 않는 환경에서 오랜 노력 끝에 한 명의 학교 관계자를 간신히 설득한다. 포기를 모르는 엄마의 쉬지 않는 헌신으로 어린 딸은 뛰어난 선생님을 만나게 되고 읽기와 발음 공부에 죽을 힘을 다해 도전한다.

오랜 연습과 노력 끝에 하루는 학생들 앞에서 중요한 발표를 하는데 긴장한 탓인지, 무리한 요구였는지, 결국에는 마지막 문장의 마지막 단어를 성공적으로 읽어내지 못한다. 한참을 머뭇거리며 초긴장 상태가 유지된다. 다행히 오랜 침묵 끝에 어린 주인공은 가까스로 마지막 단어를 읽어내는데…… 그 마지막 단어는 다름 아닌

희망,

이다.

그 단어 하나만이 영화에 마지막으로 등장한다. 2음절밖에 안 되는 이 왜소한 단어는 영화 속의 어린 소녀나 엄마에게, 그리고 영화를 본 수많은 이에게 새로운 시작을 의미했을 것이다.

시선을 준다는 것

프랑스 파리의 루브르 박물관에는 다빈치Leonardo da Vinci, 1452~1519의 작품 〈모나리자〉가 있다. 세로 77센티미터, 가로 53센티미터로 그림의 가로 세로 길이가 가장 이상적인 황금 비율이라고 한다. 뿐만 아니라 최초로 원근법이 사용된 그림이라 입체감이 선명하게 드러나는 작품이다.

하지만 이 작품의 가장 중요한 특징은 모나리자의 눈이다. 어느 각도, 어느 위치에서 그림을 봐도 모나리자와 시선이 부딪치는 현상을 경험할 수 있다. 그림의 시선은 보는 이를 따라 움직이면서 모든 각도에서 정확하게 일직선으로 그 사람의 눈과 부딪친다. 마치 살아 있는 사람의 눈을 보는 것처럼 말이다.

이 그림을 세계 최고의 명화라고 하는 이유, 루브르 박물관의 많고 많은 그림 중에서 〈모나리자〉만큼은 방탄유리로 보호하는 이유, 다빈치가 67세에 죽기까지 〈모나리자〉만큼은 자기 옆에 걸어둔 이유, 프랑수아 1세François I, 1494~1547가 〈모나리자〉를 자기 소유로 만들었다가 온 세계 인류가 다 볼 수 있도록 루브르 박물관에 기증한 이유는 무엇일까? 단지 그림 속 모나리자의 시선 때문일까? 그렇다. 보는 이와 시선이 마주치는 그림은 세상에 오직 〈모나리자〉밖에 없기 때문이다.

사람과 사람 사이에서는 시선이 이렇게 중요하다. 나와 부딪치는 시선, 그 시선은 관심을 의미하고 사랑의 마음을 가장 정확하게 표현해주는 증거다. 사람의 눈을 가리켜 영혼의 창이라고 하는 이유도 여기에 있지 않을까.

오늘도 나와 시선이 마주칠 사람들이 있다. 내 시선이 그 사람이 보게 될 마지막 시선이 될 수도 있고, 그 사람의 시선 역

〈모나리자〉, 레오나르도 다빈치,
77×53㎝, 1503~1506년

시 내가 보게 될 마지막 시선이 될 수도 있다. 가능하다면 오늘은 그들을 다른 눈으로 보면 좋겠다. 아름다운 시선으로, 희망을 선물하는 사랑의 눈길로 말이다.

* 이 글은《새신자 반》(이재철, 홍성사, 2008)의 본문 내용을 참고해 썼음을 밝힌다.

세상을 다르게 보는 것

우리는 누구나 제각기 크고 작은 경험을 하며 산다. 경험들에 보이는 반응도 모두 제각각이다. 여러 가지 반응을 크게 두가지로 분류해보면, 수렴적 사고convergent thinking와 확산적 사고divergent thinking로 나눌 수 있다.

수렴적 사고를 하는 사람은 어떤 문제나 위기를 만났을 때그 문제에 접근하는 방법이나 해결법은 한 가지밖에 없다고 생각한다. 이런저런 대안을 생각해본 뒤에 가장 적합하고 현실적이라고 생각하는 답 하나를 제시하는 경우다.

확산적 사고를 하는 사람은 같은 문제나 위기 앞에서 여러 가지 해결책이나 대안이 있다고 생각해 문제를 풀 실마리가 무궁무진하다고 여긴다. 이러한 사고는 어찌 보면 현실감이 부족해 보일 수 있지만, 동시에 좀 더 다양한 대안을 고려할 수 있다는 장점이 있다.

재미있는 점은 수렴적 사고가 보통 어른에게 나타난다는 것이다. 삶의 다양한 경험을 쌓은 만큼 문제에 대한 다양한 답을 찾아야 하지만 대부분의 어른은 해결책을 내놓는 데 급급하다 보니 수렴적 사고를 하는 경우가 많다. 이럴 경우 문제에 대한 답을 빠르게 찾을 수 있다는 장점이 있는 반면, 지극히 제한적인 답을 낼 수 있다는 단점도 있다.

반대로 어린아이의 경우 경험은 어른에 비해 적지만 상황을 바라보는 각도는 훨씬 다양해서 확산적 사고에 익숙하다. 확산적 사고는 문제 해결에 시간이 좀 더 걸린다는 단점이 있는 반면 훨씬 더 다양한 답을 내놓을 수 있다는 장점이 있다.

두 가지 자세 중 무엇이 더 좋다거나 바람직하다고 말하기는 어렵다. 그러나 때로 수렴적 사고에 익숙한 우리 어른들이 어린아이에게 배울 수 있는 점도 있지 않을까?

내가 직면한 문제 앞에서 반드시 한 가지 답만 존재하는 것은 아님을,

내가 만난 어려움을 다른 각도에서 새롭게 바라볼 수도 있다는 사실을,

희망이 보이지 않는 상황 속에서 또 다른 희망을 찾을 수 있다는 진실을 늘 마음 한편에 간직해야 한다.

세상을 바라보는 시각도, 서로를 바라보는 방법도, 자신을 바라보는 기준도 마찬가지 아닐까.

"희망이 보이지 않는 상황 속에서

또 다른 희망을 찾을 수 있다는 진실을……"

명품의 기준

누군가 말하길 명품에는 적어도 네 가지 기준이 있다고 한다. 첫 번째는 바로 브랜드, 혹은 디자이너다. 구찌, 샤넬, 루이비통 등 우리가 흔히 칭하는 브랜드 이름이 브랜드명이자 디자이너 이름이다. 두 번째는 수량이다. 명품일수록 대량 생산을 하지 않는 법이기 때문이다. 세 번째는 가격이다. 명품일수록 가격이 높다. 아니, 거의 부르는 게 값이다. 네 번째는 용도다. 명품을 걸레로 사용하는 법은 없다. 오래도록 사용하기 위해서이든, 격식 있는 자리에서 품위를 갖추기 위해서이든 결국 그만

한 가치가 있는 법이이다.

그런데 이런 생각도 든다. 명품이라는 수식은 사물에만 국한될까? 사람의 인생은 명품이라고 칭해질 수 없을까? 이것을 위에서 정리한 명품의 네 가지 기준에서 살펴볼 수 있다.

첫째, 명품의 브랜드명처럼 사실 우리 모두에게는 각자의 이름이 있다. 또 대개 사람의 이름이란 작명인이 생각하는 가장 좋은 뜻으로 지어진다. 그 이름의 값을 하며 살아간다면 우리 인생도 명품 브랜드에 뒤질 것 없지 않겠는가.

둘째, 우리의 수량은 어떤가? 나와 똑같은 사람은 이 세상 어디에도 없다. 소량도 아닌 단일한 존재다. 그만큼 특별하단 뜻이다. 수량에서는 세계 그 어떤 명품보다 우월하다.

셋째, 가격 면에서는 어떨까? 명품이 아무리 부르는 게 값이며 허무맹랑한 고가라 해도 정해놓은 가격이 있다. 그러나 사람은 물건이 아니기 때문에 가격표가 없다. 값으로 매길 수 없을 만큼 가치가 있기 때문이다.

마지막으로 우리의 용도는 어떠한가? 우리는 각자 다양한 생각으로 제각기 다른 삶의 자리에서 자기 몫을 하며 살아가

"모든 사람이 각자 자기 이름의 값을 하고 산다면 우리 인생도
명품 브랜드에 뒤질 것 없지 않겠는가."

고 있다. 저마다 자기 자리에서 의미 있는 일을 담아낼 수 있는
존재가 바로 우리다.

　우리는 이 세상을 더욱 아름답게 할 수 있는 존재로 오늘을
살아갈 수 있다. 우리가 각자의 이름으로 단일하게 유통될 때,
우리 안에 담긴 것이 기쁨, 희망, 가치이기를 바라본다.

칫솔 장사 아저씨

지하철에서 칫솔을 파는 아저씨가 있다.

"자, 손님 여러분 제가 무얼 팔려고 나왔겠습니까? 칫솔입니다. 한 개에 200원씩, 다섯 개 묶여 있습니다. 얼마일까요? 예, 1,000원입니다. 뒷면 돌려보겠습니다. 영어가 써 있습니다. 메이드 인 코리아. 이게 무슨 뜻일까요? 수출했다는 뜻입니다. 수출이 잘됐을까요? 폭삭 망했습니다. 자, 그럼 여러분에게 하나씩 돌려보겠습니다."

자리에 앉아 있는 사람들에게 칫솔을 다 돌린 후에 아저씨는 말을 이었다.

"손님 여러분 제가 여기서 몇 개나 팔 수 있을까요? 궁금하시죠? 저도 궁금합니다. 잠시 후에 알려드리겠습니다."

잠시 후에 아저씨가 하는 말.

"자 여러분, 칫솔 네 개 팔았습니다. 얼마 벌었을까요? 4,000원 벌었습니다. 제가 실망했을까요? 예, 실망했습니다. 그렇다고 제가 여기서 포기하겠습니까? 아닙니다. 저는 포기하지 않습니다. 왜냐하면 저에게는 다음 칸이 있으니까요. 소란을 피워드려 죄송합니다. 전 다음 칸으로 갑니다. 감사합니다."

칫솔 장사 아저씨가 사라진 다음에 사람들은 하나같이 얼굴에 미소를 담았다. 딱히 불쾌해하는 사람도 없었다. 나는 무엇보다 칫솔 장사 아저씨가 남긴 마지막 말이 머릿속에 맴돌았다.

"저는 포기하지 않습니다. 왜냐하면 다음 칸이 있으니까요. 저는 다음 칸으로 갑니다."

아저씨는 칫솔 네 개밖에 팔지 못했지만 다음 칸에 집중하기로 한다. 아직도 남아 있는 것에 집중하는 한, 가능성이 있다는

"산다는 것은 누구에게나

아직도 희망이 남아 있다는 것을 믿는 일이다.

그 희망은 우리로 하여금

다음 칸으로 움직이게 하는 원동력이기도 하다."

것을 포기하지 않는 한 그는 희망을 노래할 수 있기 때문이다.

산다는 것은 누구에게나 아직도 희망이 남아 있다고 믿는 일이다. 그 희망은 우리로 하여금 다음 칸으로 움직이게 하는 원동력이기도 하다.

미래가 지금보다 좋아지리라 상상하는 것, 그 상상력은 오늘 내가 있는 삶의 자리에서 다음 칸을 향해 움직이게 하는 힘이 된다. 다음 칸, 오늘도 다음 칸이 우리를 기다린다.

이종환 선생님

우리 형의 초등학교 시절 이야기가 있다. 형이 5학년 때 담임 선생님은 무슨 이유에서인지 형이 한 번도 도전해본 적이 없는 웅변대회에 참가하자고 하셨다. 시작은 형이 다니던 초등학교를 대표해서 시민 회관에서 열린 웅변대회에 참여한 것이다.

하지만 결과는 비참하기 짝이 없었다. 준비한 내용을 갖고 강당 무대 위에 올라서서 "사랑하는 동포 여러분"은 성공적으로 외쳤지만 그것으로 끝이었다. 왜냐면 자신을 지켜보는 수많은 청중과 눈이 마주치는 순간 너무나 긴장한 나머지 그다음 대목을 완전히 잊어버리는 웃지 못할 사고가 발생했기 때문이다. 형은 절대로 두 번 다시 웅변대회에 참가하지 않겠다고 다짐했다.

그런데 정말 재미있는 일은 똑같은 선생님께서 정확히 1년 뒤에 우리 형을 부르시더니 또다시 웅변대회에 도전하자는 것 아닌가? 형은 선생님께 제발 참아달라고 빌었다고 한다. 형 때문에 형과 선생님은 물론 학교까지 망신당한 사건을 잊어버리셨냐고 거꾸로 선생님을 설득했다.

하지만 선생님은 이번에는 시민 회관에서 열리는 그런 '동네' 행사가 아니라 《동아일보》에서 주최하는 전국 규모의 웅변대회라고 말씀하시면서 상금도, 상품도 제법 규모가 있다고 하셨다. 형은 그래도 제발 다른 학생을 뽑아달라고 사정했지만 선생님은 막무가내였다. 그렇게 선생님은 형을 끝까지 격려해 주셨고 형을 구체적으로 훈련시키면서 도움을 주셨다.

놀랍게도 형은 그날 국무총리상을 받았다. 우리 집안은 물론이거니와 형이 다니던 학교가 뒤집어지는 사건이 일어난 것이다. 게다가 부상으로 서울의 모 대학교에서 4년 장학금까지 약속받게 되는 놀라운 일이 벌어졌다.

어떻게 웅변대회에 두 번째 참가하는 형이 국무총리상까지 탈 수 있었을까? 그 웅변대회의 성격을 알면 쉽게 해답을 얻을 수 있다. 《동아일보》에서 주최했던 웅변대회는 '외국 사람이 우리말로 하는 웅변대회'였던 것이다.

한국인 아버지와 미국인 어머니 사이에서 태어난 우리 3남매는 한국인이지만 외모가 다분히 이국적이다. 특히 형은 그중에서도 가장 이국적인 얼굴을 하고 있어서 모든 사람이 외국인인 줄 알았던 것이다. 외국인이 유창하게 한국말 솜씨로 웅변을 하니 듣는 사람들이 얼마나 놀랐을까. 당연히 심사 위원들에게도 호평을 받았다.

더 중요한 점은 혼혈이었기 때문에 학교에서 따돌림받기 일쑤였던 우리 형의 아픔을 선생님은 알고 계셨다는 것이다. 형에게 특별한 웅변 소질이 있어서라기보다 평소 학교 친구들에게 따돌림받고 소외당하는 형을 격려할 방법을 궁리하던 선생님이 적절한 웅변대회를 발견하고서 형에게 도전의 기회를 주고 응원해주신 것이다.

"혼혈이었기 때문에

학교에서 따돌림받기 일쑤였던

우리 형의 아픔을 선생님은 알고 계셨다."

그때 담임이셨던 이종환 선생님이 형을 조용히 부르신 뒤 건넨 "야, 너 웅변해볼 생각 없니?"라는 말은 결국 외모로 괴롭힘당하던 학생이 뛰어난 웅변 실력으로 국무총리상을 받게 함으로써 친구들의 인기를 한 몸에 받는 학생이 되게 했다. 외형적으로 특별했던 형을 포기하지 않고 믿어주고 밀어주신 이종환 선생님은 형에게 웅변만 가르쳐주신 것이 아니라 결국 희망이 무엇인지 가르쳐주신 듯하다.

탐스슈즈

블레이크 마이코스키Blake Mycoskie, 1976~는 특별한 마음으로 회사를 설립했다. 아직 회사를 설립하기 전, 그는 남아메리카와 아프리카의 아이들에게 신발을 기부하는 운동에 참여했다가 기부되는 신발의 개수가 턱없이 부족하다는 사실을 알았다. 셀수 없이 많은 아이가 신발 없이 맨발로 생활하고 있었던 것이다. 그는 이 사실에 큰 괴로움을 느껴 결국 신발 기부를 위한 회사를 만들기로 한다. 그리고 그 생각을 구체화해 원 포 원one for one, 즉 한 켤레를 구입하면 또 다른 한 켤레가 자동으로 기부되는 개념 위에 회사를 설립했다. 그 회사가 바로 오늘의 탐스슈즈TOMS shoes다.

문제는 누구나 그렇듯이 투자자들은 블레이크 마이코스키의 계획을 성공할 만한 사업 아이템으로 보지 않았다. 그러나 이들의 예상과 달리 소비자들은 탐스슈즈의 기부 전략에 마음을 움직이기 시작했다. 자신이 신발을 한 켤레 사면 맨발로 다니는 아이들에게 신발 한 켤레를 선물할 수 있다는 따뜻한 모티브에 공감한 것이다. 그의 놀라운 발상은 탐스슈즈를 기부하는 기업으로 인식시키는 좋은 마케팅 전략이 되었다. 결국 2010년 9월에는 100만 번째 신발을 기증하기도 했으며, 이들의 일대일 기부는 계속 이어질 예정이다.

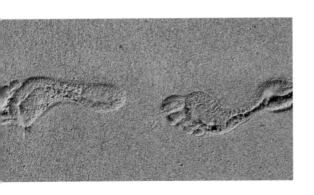

사람다운 사람으로 살고 싶다

최근에 어느 주유소에서 휘발유를 넣을 때의 일이었다. 평소에 하듯이 "만땅요" 아니면 "가득요"라고 분명히 말한 것이 전부였을 텐데 주유소 아저씨가 묻는다.

"미국에서 오래 살았어요?"

의외의 질문에 살짝 당황스러운 나머지 "왜요?"라고 여쭈어보았다. 그러자 그 아저씨 하는 말이 완전 걸작이다.

"발음이 미국에서 오래 살다 온 사람 발음인데요. 그건 혀가 꼬부라진 사람들만이 낼 수 있는 발음이거든."

나 원 참, 속으로 중얼거렸다.

'내가 영어로 말을 건넨 것도 아닌데…… 한국말 발음도 혀가 꼬부라질 수 있나 보지.'

갑자기 궁금해졌다. 정말 내 혀가 꼬부라져 있는지 자동차 안에 있는 거울을 한참 들여다보며 확인했다. 그러곤 뭐라고 대답해야 될지 몰라 그냥 둘러댔다.

"저는 원래 태어날 때부터 혀가 약간 꼬부라져 있었어요."

그랬더니 그 아저씨는 더 이상 아무 말 하지 않고 살짝 이상하다는 눈초리로 나를 쳐다보고는 사라졌다.

주유소를 떠나면서 생각했다. 혀는 좀 꼬부라져도 별 문제가 없는 것 같다고 말이다. 하지만 마음이 꼬부라지면 문제는 달라진다. 그래서 오늘도 기도한다. 사람다운 사람이 되겠노라고, 마음이 꼬부라지지 않게 해달라고, 삐딱한 마음과 눈으로 사물이나 사람을 바라보지 않게 해달라고.

"나는 오늘도 기도한다.
삐딱한 마음과 눈으로 사물이나 사람을 보지 않게 해달라고."

영혼이 있는 식당

세계적으로 알려진 록 가수 본 조비Bon Jovi, 1962~는 그룹이 깨지지 않게 30년 넘도록 밴드를 이끌어온 리더로 널리 알려진 인물이다. 하지만 그에 대해 사람들이 잘 모르는 한 가지가 있다. 그가 솔키친Soul Kitchen이라는 식당을 미국의 필라델피아 시내에서 운영하는 유능한 사업가이기도 하다는 사실.

그런데 솔키친은 그 지역의 수많은 식당과 사뭇 다르다. 내가 치르는 식사 값에 'Pay it forward'의 개념이 담겨 있다. 이 식당에서 밥을 사 먹으면 1인분을 사 먹었어도 2인분의 가격

을 치러야 한달까. 밥 한 끼도 사 먹을 수 없는 이름 모를 누군
가를 위해 식사를 제공해주는 것이다.

그렇다고 완전히 무료 개념도 아니다. 무료로 밥을 먹게 된
사람은 부엌에서 설거지를 한다든지, 주방 일을 거들어준다든
지, 청소를 한다든지 등 어떤 형태로든 밥을 먹은 만큼 노동을
해야 한다.

밥 한 끼를 제공해주는 것도 의미가 있지만 그들의 자존감을
위해 단순히 밥을 '얻어먹게' 하는 차원이 아니라 일거리를 제
공해주고 그 수고의 대가로 밥 한 끼를 제공하는 센스는 그야
말로 가장 인간답고 넉넉하고 아름다운 모습 아닐까.

한 사람을 찾아가다

〈하모니〉(2010)라는 영화의 촬영 장소이기도 했던 청주여자교도소에 관련된 이야기를 들은 적이 있다. 영화도 매우 인상깊게 보았지만, 실제 누군가에게 전해 들었던 '165번' 재소자의 이야기 역시 내 가슴을 요동시켰다.

청주여자교도소는 우리나라 유일의 여자 교도소로 외국인 여성 재소자도 이곳에서 형을 산다. 외국인 여성은 대부분 출소 후 본국으로 추방된다. 이들을 면회할 수 있는 형식은 일대일뿐이며, 시간도 15분으로 제한돼 있다.

이주 여성의 삶에 관심 있는 몇몇 지인이 모여 이름 모를 외국인 재소자들을 찾아가는 봉사 활동을 했다. 봉사라고 해봐야 그저 재소자를 찾아가 안부를 묻는 것이 할 수 있는 일의 전부였다. 그중에 한 사람이 만난 외국인 재소자의 수인 번호가 165번이었다고 한다. 어딜 가도 교도소에서의 번호는 이름이나 마찬가지인 셈이다. 그만큼 사람대접을 받지 못한달까.

민원실에서 접견 신청서를 쓰고 순서를 기다리자 165번 접견인은 접견실로 들어오라는 안내 방송이 들려온다. 좁은 공간에 들어가 처음 대하는 165번. 주어진 시간은 15분.

서로 낯설고 어색하기 그지없는 분위기인 데다 언어에도 한계가 있었다. 하지만 제한된 15분이라는 시간을 의식하면서 최대한 환한 표정과 밝은 음성으로 인사와 이야기를 주고받았다고 한다. 15분이라는, 짧다면 짧고 길다면 긴 시간이 흐른 뒤에 전혀 몰랐던 사실들을 알게 되었다.

첫 번째 사실. 2년 넘게 수감 생활을 하고 있었지만 자신을 면회 온 사람은 처음이란다.

두 번째 사실. 구멍이 뚫린 창문 너머로 이름을 불러주었을 때, 165번에게는 그때가 자신의 이름을 외부인이 2년 만에 처음 불러준 순간이었다는 것이다. 이름을 불러주어서 너무 고맙고 행복했다고 했단다.

면회를 마치고 나와 생각해보니, 165번 수감자가 한국말에 익숙하지 않았기에 과연 잘 알아들었는지 걱정이 스쳤지만, 자신의 이름이라도 알아들은 사실 하나에 적지 않은 위안을 얻었다고 한다. 무언가 대단하고 깊이 있는 대화를 나눌 수는 없었지만 말이다.

세 번째 사실. 교도소라는 닫힌 공간에서도, 15분이란 짧은 시간의 한계 속에서도, 말조차 원활하게 통하지 않는 환경에서도 사랑의 언어는 통한다는 것이다.

"고도소라는 닫힌 공간에서도,

15분이란 짧은 시간의 한계 속에서도,

말조차 원활하게 통하지 않는 환경에서도

사랑의 언어는 통한다."

사람 마음

　얼마 전에 미국에 계신 아이들의 외할머니 외할아버지께서 모처럼 한국을 방문하셨다. 아내는 두 분이 미국으로 다시 돌아가시기 전에 강원도 여행을 모시고 가겠다고 했다. 금요일에 떠나 일요일 새벽에 돌아오겠다는 것이다.

　다만 큰아이는 토요일에 일정이 있어 나와 집에 남아 있기로 하고, 동생 둘만 엄마를 따라 여행길에 올랐다. 다행히도 딸아이가 나와 단둘이 집에 남는 것을 싫어하지 않는 눈치였다. 평소에 워낙 소란을 피우던 두 아이가 사라지자, 큰아이가 나를

"우리의 마음은 간사하게 이랬다저랬다

하루에도 수십 번씩 바뀌지 않나?

이게 바로 사람 마음이니까."

보면서 흐뭇한 미소를 지으며 말한다.

"아빠, 애들이 없으니까 집이 진짜 조용해서 좋다, 그치?"

식사 시간, 고작 라면이나 계란말이를 만들어주어도 불평 없이 맛있게 먹어줘서 고마웠다. 사실은 살짝 긴장했는데 말이다. 잠자리에 들기 전 큰아이를 슬쩍 떠보았다.

"야, 그래도 동생들 보고 싶지 않아?"

그러자 자긴 너무 좋단다. 그리고 아빠를 혼자 차지(?)할 수 있어 행복하단다. 그래서 또 물어보았다.

"엄마가 해주는 음식 먹고 싶지 않아?"

아이의 반응이 궁금했다. 물론 아빠한테 상처가 될까 싶어 그랬는지는 몰라도 아빠도 '제법 괜찮은' 요리사 같다고 칭찬까지 해주었다. 게다가 자기가 알아서 설거지까지 하는 모습을 보고 속으로 '이제 다 컸구나' 싶어 꽤나 기특했다.

하지만 안타깝게도 이 행복이 오래가지는 않았다. 아마도 엄마와 동생들이 떠난 바로 그다음 날이었던 것 같다. 동생들이 있으면 다투기도 하고 짜증 나는 일도 생기지만, 차라리 그게 더 좋았던가 보다. 갑자기 나를 찾아와 하는 말이 걸작이었다.

"아빠, 나 동생들이 빨리 왔으면 좋겠어. 이렇게 아빠랑만 있으니까 너무 심심하고 지루해서 못 살겠어. 엄마가 있으면 먹을 것도 더 많고."

우리의 마음도 이 아이의 마음처럼 간사하게 이랬다저랬다 하루에도 수십 번씩 바뀌지 않나? 이게 바로 사람 마음이니까. 어쩌면 나는 내 딸이 그런 말을 하게 될 것을 이미 예상했는지도 모른다.

로맨스

누군가 로맨스에는 네 가지 절대 요소가 있다고 했다.

첫 번째는 바로 '만남'이다. 만남이란 무엇인가? 인간이 관계의 존재임으로 드러내주는 사건이다. 관계의 존재는 곧 만남의 존재라는 뜻이기도 하다. 우리는 살면서 여러 종류의 사람, 다양한 사상과 사건을 만난다. 그리고 그 속에 뒤엉킨 이야기가 결국 나를 만들어간다.

그러나 로맨스는 단순히 만남에서 그치지 않는다. 로맨스를 이어가기 위한 두 번째 요소는 '창조성'이다. 창조적인 관계를 맺기 위해서는 피상적이고 형식적인 관계에 머물지 않는 적극적인 노력이 요구된다. 세상에 단 하나뿐인 상대의 특성을 잘 이해하려고 노력할 때 누구나 생각하는 뻔한 로맨스가 아닌 두 사람만의 독특한 만남이 이루어지지 않겠는가.

세 번째는 '신비감'이다. 신비감이야말로 아름답고 창조적인 만남을 증진시키는 효과를 낳는다. 신비감이 없는 만남은 로맨스라고 부르기 어렵다. 신비감은 예외 혹은 의외적인 어떤 것, 일상을 뛰어넘는 그 무엇, 호기심을 불러일으키는 어떤 것이다. 짐작할 필요도 없이 뻔하고 일상적인 것에 관심을 기울일 사람은 거의 없다.

로맨스의 마지막 절대 요소는 '낭비'다. 그래서 누군가 사랑에는 낭비성이 있다고 말했다. 물론 낭비라는 말은 부정적인 의미에서 쓰일 때가 많다. 에너지를 낭비한다든지 돈이나 시간을 낭비한다는 말은 우리가 흔히 사용하는 표현이다.

그러나 긍정적인 의미의 낭비는 사랑하는 사람을 위한 시간과 정성과 물질을 아낌없이 내어주는 개념이다. 그런 의미에서 사랑하는 사람을 위해 자신을 낭비하며 아낌없이 내어주는 사

"사랑하는 사람을 위해 자신을 낭비하며 아낌없이 내어주는

사람이야말로 가장 로맨틱한 사람 아니겠는가."

람이야말로 가장 로맨틱한 사람 아니겠는가. 그런 낭비처럼 아름답고 숭고한 모습은 없을 것이다. 낭비에도 차원이 다른 낭비가 있는 셈이다.

목말라하는 내 이웃을 위해 시원한 냉수 한 그릇을 챙겨주는 행위를 누가 낭비라고 하며, 추위에 떠는 이웃을 위해 따스한 담요나 겉옷을 건네는 행위를 누가 낭비라 하겠는가. 내가 있는 삶의 현장에서 한 사람만에게만이라도 온전한 희망을 줄 수 있다면 그것이야말로 가장 가치 있는 일이다.

이웃의 탄식 소리

가만히 귀 기울여보면 우리 주변에서 여러 종류의 울부짖음이 들려온다. 얼마 전 새벽 시간에 건너편 아파트에서 어느 여성의 비명 소리가 들려왔다. 엄청난 고통이 묻어나는 소리였다. 순간 이런 생각이 들었다.

'남편이 술 먹고 깽판 부리나?'

'저런 일이 얼마나 자주 있을까?'

비명 소리가 꽤 오랫동안 지속되었지만 나는 잠자리에서 움직이지 않았다. 움직일 생각은 했지만 생각이 전부였다. 참 부

"이웃의 탄식 소리는 매일같이 들려오고

절규도 하루가 멀다 하고 들려온다."

끄러운 일이 아닐 수 없다. 그 시간에 내가 할 수 있는 일은 경찰에 신고하는 것 외에는 없었다. 다른 생각이 떠오르지를 않았다. 적어도 새벽에 내가 이불을 박차고 일어나 옷을 챙겨 입고 그 집까지 달려갈 마음은 아예 없었던 것이 사실이다. 그렇게 달려간들 뭘 하겠다는 말인가? 적어도 이것이 나의 변명이었다. 어쨌든, 나는 이웃의 탄식 소리를 외면하고 말았다.

정말 마음 불편한 일이지만, 이러한 외면은 사람 사는 세상에는 항상 일어나는 일 같다. 그보다 더 심한 일도 얼마나 많은가? 실제로 나의 동료 중 하나는 한낮에 건너편 아파트 8층에 사는 할머니가 아들이 진 빚의 무게를 견디다 못해 자신의 몸을 던졌는데, 그 '소리'를 들었다고 한다.

우리 곁에는 이렇게 늘 사람들의 울부짖음이 있다. 탄식 소리와 절규는 하루가 멀다 하고 들려온다.

문제는 그 소리를 듣는 사람은 보통 듣는 데에서 그치곤 한다는 것이다. 바로 내가 그렇다.

마음이 아프다.

미츠바

유대교 전통에서 의미가 풍성한 개념어 중 하나가 미츠바 mitzvah라는 말이다. 우리말로 번역하면 '선한 일' 혹은 '선한 손길'이란 히브리어다. '자비'나 '긍휼'과도 유사한 개념이다. 궁극적으로 그 단어는 세상을 치유하고 보수하는 행동을 뜻한다.

여기에서 중요한 핵심은 이 개념어가 바로 '행동'을 가리킨다는 것이다. 행동은 생각에서 다음 단계로 나가는 것이기 때문이다.

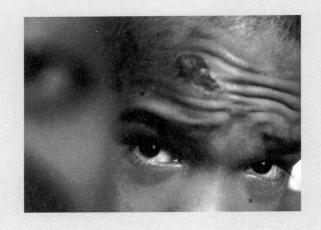

"우리가 있는 삶의 현장에서 누군가에게

작은 희망을 주는 사람이 될수 있다면,

그것이 바로 '미츠바다'."

행동은

현재 진행형이고

움직이는 것이다.

그것도 어떤 대가를 지불할 각오로 움직인다는 뜻이다. 더나아가 그 행동은 나 자신을 움직이는 행위이자 주변 사람들까지 움직이도록 하는 에너지가 있다. 특정 방식으로 사는 사람들을 뜻한다고나 할까? 나의 유익이나 만족만을 위해 사는것이 아니라 주변을 살피는 '대안적인' 삶을 사는 사람들을 일컫는 개념이다.

물론 그렇게 살기 위해서는 먼저 주변을 돌아봐야만 된다. 어떤 필요가 있는지 잘 살펴야 한다. 하지만 단순히 살피는 것에서 그치지 않고 필요에 맞게 반응하는 삶이 필요하다. 인간은 음식만을 먹고 사는 존재가 아니다. 음식뿐 아니라 희망을먹고 사는 존재가 바로 인간이다. 우리가 있는 삶의 현장에서누군가에게 작은 희망을 주는 사람이 될 수 있다면, 그것이 바로 '미츠바'다.

3부

생

각

내리막길

수년 전 아이들의 친할아버지, 친할머니께서 오랜만에 우리 집에 방문하셨을 때의 일이다. 아이들은 신바람이 나서 어쩔 줄 몰라 하는 분위기였다. 솔직히 말하자면 할머니, 할아버지께서 이따금씩 주시는 용돈이나 선물의 영향이 좀 크지 않았나 싶다. 한참을 놀다가 저녁 시간이 되어 식사를 하는데 막내 녀석이 갑자기 의미심장한 말을 툭 내뱉는다.

"사람은 나이가 스무 살 정도가 되면 그때부터는 다 내리막 길이야."

"우리는 어차피 모두

'내리막길' 아니겠는가."

일곱 살짜리가 어른들 앞에서 던진 당돌한 말에 모두 눈이 동그래졌다. 가족 전체가 놀란 눈빛으로 막내를 바라보았지만 그다음에 또 무슨 엉뚱한 말을 할지 몰라 못 들은 척하고 무시했다.

하지만 문제는 그때까지 조용히 계시던 할아버지께서 막내에게 질문을 던지시면서 일어났다(질문을 안 하시는 편이 훨씬 더 정신 건강에 유익했으련만……).

"야, 스무 살 정도가 내리막이면 할머니 할아버지는 뭐냐?"

그러자 막내는 마치 기다리고 있었다는 듯이 눈 하나 꿈적 안 하며 또랑또랑한 목소리로 할아버지께 대답한다.

"할아버지 할머니는 그냥 내리막길이 아니라 완전 내리막길이야."

두 분의 반응이 궁금해 조심스레 표정을 훔쳐보았다. 예상대로 그렇게 좋아하시는 눈빛은 아닌 듯했다. 하지만 현실을 어찌하랴. 우리는 어차피 모두 '내리막길' 아니겠는가. 심지어는 그 말을 던진 우리 꼬맹이 아가씨도 이제는 돌이킬 수 없는 내리막길 인생인 셈이다.

끔찍이 생각해주는 형

우리 가족이 미국에서 1년간 생활했을 때의 일이다. 어느 날 형한테 메일 한 통이 날아왔다. 그것도 용돈을 보내주고 싶다는 내용의 메일이었다. 메일은 비교적 많이 받는 편이지만, 이런 메일은 정말이지 뜻밖이었다. 그것도 형한테서 말이다. 속으로 생각했다.

'역~시, 형만 한 아우 없다더니, 정말 그러네.'

그런데 문제가 생겼다. 한 달이 지나도 용돈을 보내겠다는 형이 깜깜무소식이었다. 얼마의 돈을, 언제, 어떻게 보내겠는지 아무런 연락이 없었다.

한 달은 그런대로 잘 버텼다. 하지만 얼마나 힘들게 한 달을 견뎠는지 모른다. 속으로 여러 번 생각했다.

'혹시 약속한 걸 잊어버렸나?'

한 달이 조금 넘어가자 약간 불안해지면서 메일을 보내보았다.

"형, 지난번 '거시기(용돈)' 어떻게 됐어?"

며칠 뒤에 답신이 왔다.

"아 그래, 그게 말이다. 잊어버리지 않았어. 그냥 요즘 왜 환율이 계속 올라가고 있잖아. 조금만 더 기다려봐, 응?"

그렇게 기다리고 기다렸다. 형이 말한 '조금만'이 엄청 길게만 느껴졌다. 석 달이 지나도 소식이 없었다. 6개월이 지나도 소식이 없었다. 아니, 1년이 다 지나도록 아무런 소식이 없었다.

내가 얻은 교훈? 이 세상에 공짜는 없다.

내가 얻은 두 번째 교훈? "형만 한 아우 없다"라는 말은 다시 생각해봐야 된다.

"나를 그만큼 생각해주는 형이 있다는 것만으로도
행복하고 감사한 일 아닌가."

내가 얻은 세 번째 교훈? 말만 하는 사람이 되지 말고 생각만 하는 사람도 되지 말자!

물론 그렇다고 형을 욕하는 건 아니다. 처음엔 서운한 마음이 들었던 건 사실이지만 지금은 형이 있다는 그 자체로 족하다. 형이 그런 생각이라도 해주었다는 사실만으로 족하다. 나를 그만큼 생각해주는 형이 있다는 것만으로도 행복하고 감사한 일 아닌가.

이해는 쉽지 않지만

큰딸이 열 살 때의 일이다. 몹시도 귀를 뚫고 싶어 하기에 허락해주었다. 이제 막 10대가 된 딸아이의 소원이니 그걸 어떻게 막으랴? 얼마 뒤에 구멍을 하나 더 뚫고 싶다고 했다. 이유를 묻자 딸이 하는 말.

"엄마도 그렇게 했는걸 뭐."

더 이상 할 말이 없었다. 결국엔 구멍을 또 뚫었는데, 이번에는 두 개씩이나 뚫었다. 그것도 직접 얼음찜질을 해서 스스로 자기 귀를 뚫은 것이다. 깜짝 놀란 나머지 어떻게 그런 생각을

다 했느냐고 다짜고짜 따졌더니 딸이 하는 말.

"엄마도 그렇게 했는걸 뭐."

또다시 할 말이 없었다. 앞으로는 어디에 또 구멍을 낼지 모르겠다. 아니, 요즘 세상에 구멍을 귀에만 낸다면 그나마 다행스러운 일 아니겠는가?

아이들은 부모 모습을 그대로 따라 한다는 것이 바로 이런 경우를 두고 하는 말인가 보다. 앞으로도 달리 할 말 없는 경우가 얼마나 더 많을까? 두려움과 긴장감이 내내 앞선다.

(딸은 얼마 전 똑같은 귀에 세 번째 구멍을 뚫었다. 이제는 뚫을 자리가 남아 있는지 모르겠다.)

내면세계를 가꾸는 훈련

우리에겐 누구나 내면세계가 있다. 비록 겉으로 보이지 않는 세계라도 엄연히 존재한다. 하지만 보이지 않는다는 이유로 내면세계는 외면되기 십상이다.

웨인 멀러Wayne Muller는 말했다.

우리는 바쁘면 바쁠수록 그만큼 더 중요한 인물인 양 스스로 생각하고 남들에게도 그렇게 비칠 것이라고 추측한다. 친구와 가족을 위한 시간이 없는 삶, 황혼을 음미할 시간이

"가던 길을 멈추어 정기적으로

내면세계와 내면생활을 정돈하는

연습을 해야 한다."

없는 (혹은 해가 이미 진 것조차 알지 못하는) 삶, 한번 심호흡을 할 시간조차 없이 정신없이 일에 쫓기는 삶, 이런 모습이 성공한 인생의 모델이 되어버렸다.

현대인에게 요구되는 많은 것은 사실 누구에게나 부담이 된다. 그 목록만 보아도 숨이 찰 지경이다.

더 비싼 집,

더 많은 약속,

더 높은 학력,

더 넓은 대인 관계,

더 많은 연봉,

화려한 외국어 실력,

건강과 이미지 관리 등.

이 모든 것은 성공 지향적인 우리 삶에 필수 요소라 여겨지고, 결국 우리는 이 필수 요소를 좇느라 내면세계, 또는 내적 질서를 희생한다. 그렇게 해서라도 외적 세계에 관심과 힘을 기울여야 한다고 생각한다. 하지만 이 모든 것이 너무나 무거워

져 도무지 감당할 수 없게 되고, 결국 삶 전체가 무너져 내리는 때가 온다. 많은 것을 좇는 삶을 감당하지 못하겠는 상태가 지속될 경우 피로, 환멸, 패배감이 무섭게 엄습해버리는 것이다.

따라서 그런 단계에 이르기 전에 미리 이것저것 준비해야 할 필요가 있다. 무엇을 준비해야 할까? 무엇보다도 가던 길을 멈추어 정기적으로 내면세계와 내면생활을 정돈하는 연습을 해야 한다. 고든 맥도널드Gordon MacDonald에 의하면 내면세계란 "선택과 가치가 결정되는 중심부이자 고독과 성찰이 추구되는 곳"이라고 한다. 우리의 내면세계에 관심과 주목을 끌기 위해 아우성치는 것은 없는가? 우리의 관심과 돌봄이 필요한 것은 어떤 부분인가?

이러한 질문에 현명한 답을 내리기 위해서는 선택과 가치를 결정하는 중심부인 내면세계를 잘 관리해야 한다. 그 방법은 때로 여행이나 독서가 될 수 있고, 산책이나 무위도 될 수 있다. 어떤 형태로든 정기적으로 멈추어서 나 자신을 돌보며 가꾸어 가는 지속적인 훈련만큼 내면세계를 건강하게 유지하는 데 좋은 방법은 없을 듯하다.

새롭게 도전하는 삶

임팔라는 세상에서 가장 높이 그리고 멀리 뛰기로 알려진 동물이다. 중앙아프리카 또는 남부아프리카의 사바나 지대에서 큰 무리로 서식하고 한 번에 최고 3미터 높이, 9미터 거리까지 뛸 수 있는 신비로운 동물이다.

그런데 그런 엄청난 능력의 임팔라가 도약하지 못하는 경우가 있다. 자신이 착지할 수 있는 곳이 보이지 않으면, 즉 시야가 확보되지 않으면 뛰지 못한다는 것이다. 임팔라를 동물원의 1미터 높이도 안 되는 담장 안에서 키울 수 있는 이유가 바로 이 때문이다. 뛰어넘지 못해서가 아니라 담 너머에 무엇이 있는지 모르기 때문에 도약하지 못하는 것이다.

임팔라의 이런 특징은 우리에게도 있는 듯하다. 뛰고 싶어도 뛰지 못하고, 도약할 수 있는데도 도약하지 못하는…… 꿈도 있고 재능도 있고 기회도 있는데 우리로 하여금 도약하지 못하게 하는 그 어떤 것이 우리에게 있다. 일상 속에서 나의 발목을 잡고 있는 것은 무엇인가?

변화에 대한 두려움일까?

게으름일까?

과거의 실수나 실패일까?

새로운 도전에 대한 불안인가?

아니면 그 밖에 어떤 핑곗거리가 있을까?

분명한 사실은 도약하지 않으면 새로운 세상을 경험할 수 없다는 것이다. 내가 도약하지 않기 때문에 나의 도움을 받지 못할 사람들도 생길 수 있다. 내가 도약하지 않아서 사랑을 충분히 경험하지 못하게 될 사람도 있을 것이다. 결국 임팔라처럼 3미터 높이를 뛸 수 있는 능력이 있어도 1미터 높이의 담장 안에 갇혀 사는 꼴이 될 수도 있지 않겠는가?

오늘은 도약하자. 오늘은 뛰어오르자. 내 앞에 놓인 장애물
이 있다 해도 훌쩍 넘어보자.

"오늘은 도약하자. 오늘은 뛰어오르자.
내 앞에 놓인 장애물이 있다 해도
훌쩍 넘어보자."

자신을 던지는 사람

해변을 산책하다 보면 여러 종류의 사람을 만나게 된다. 조금만 관찰하면 그 다양성이 조금씩 보이기 시작한다. 그중에는 바닷가 주변에 자동차를 세워놓고 차에서 내리지도 않은 채 먼 거리에서 바다를 음미하는 사람들이 있는데 그 모습이 제법 낭만적으로 보인다. 그런가 하면 차를 주차한 뒤에 모래사장에서 파라솔을 치고 일광욕을 즐기는 사람도 있다. 그들은 시원한 바닷바람을 만끽하며 노래를 듣거나 책을 읽거나 한가로이 쉰다. 조금 더 모험적인(?) 이들은 바닷물에 살며시 발을 담그

"바닷물 속에 발을 잠시 담그듯이 몸만 잠깐 맡기는 사람.

그런가 하면 자신을 어떤 일에 완전히 던지는 사람.

나는 과연 어떤 사람인가?"

는 사람들이다. 살짝 발을 담갔다가 빼는 사람들이 있는가 하면, 무릎 높이까지 들어갔다가 파도가 밀려오면 도망치듯이 달려 나오는 사람도 있다.

하지만 완전히 새로운 사람들도 있다. 저들은 먼발치에서 바다를 구경하지도, 파라솔을 치고 일광욕을 하지도, 바닷물 속에 살짝 발을 담그지도 않는다. 이들은 그런 정도에 만족하지 않는다. 어린아이든 어른이든 상관없이 이들의 공통점은 자신을 바닷물 속으로 던진다는 것이다. 이들은 남의 시선에 아랑곳하지 않고 바다로 뛰어든다. 그 덕에 온몸으로 물의 온도와 바람과 파도를 느낀다. 바다에 자신을 완전히 맡긴다.

일상에서도 어떤 일에서든 이와 같이 다양한 부류의 사람을 만나게 된다. 적당히 거리를 두고 팔짱을 낀 채 우두커니 구경만 하는 사람, 좀 더 가까이 접근하지만 왠지 그 이상 깊숙이 들어가기는 망설이는 사람, 바닷물 속에 발을 잠시 담그듯이 살짝 몸만 맡기는 사람, 그런가 하면 자신을 어떤 일에 완전히 던지는 사람.

나는 과연 어떤 사람인가?

걸레처럼 사는 것

얼마 전에 인터넷에서 감명 깊게 읽은 시가 있다. 시가 게시된 웹 사이트에는 청도초등학교 6학년 박미경이라는 어린이가 1995년도에 쓴 시라고 소개되었다.

우리 집엔 걸레가
네 개다.
우리 방엔
다 떨어진 런닝구 걸레다.

떨어진 하얀 런닝구를

하도 닦아서 시커멓다.

엄마가 방에서 우릴 때릴 때도

걸레로 때려서

더 찢어졌다.

빨아도 빨아도

시커멓게 찌든 때는

안 빠진다.

내 동생이 토한 것도

이 걸레로 닦는다.

어떨 때는 비누로 빠는데도

진득하다.

우리 집엔 나무로

불을 때기 때문에

그을음도 많다.

그것도 걸레로 닦는다.

다 떨어져 너덜너덜하지만

"내가 먼저 착한 걸레가 될 수 있지 않겠는가.

다 떨어져 너덜너덜해질 때까지."

아직도 그 걸레로 닦는다.

걸레는 자기 몸이 더럽혀져도

다 닳을 때까지

더러운 것을 닦아주는

착한 걸레다.

　이 세상에 걸레는 많다. 심지어는 사람을 가리킬 때도 성질이 고약한 사람을 가리켜 '걸레 같은 사람'이라고 부르기도 한다. 그런가 하면 이야기 속의 걸레처럼 자기 몸이 '더럽혀져도' '다 닳을 때까지' '더러운 것을 닦아주는' 착한 걸레도 있게 마련.

　이 세상에는 착한 걸레가 터무니없이 부족한 것 같다. 하지만 불평하기 전에 내가 먼저 착한 걸레가 될 수 있지 않겠는가. 다 떨어져 너덜너덜해질 때까지.

불평 없는 세상을 상상하며

구약 시대의 이스라엘 민족은 홍해를 떠나 수르 광야로 들어가게 된다. 하지만 3일 길을 걸어도 물을 찾지 못한다. 결국 '마라'라는 곳에 이르러 겨우 물을 찾았지만 마라의 물은 너무 써서 도저히 마실 수 없을 정도였다. 그래서 '마라'라는 말의 의미조차 '쓰다'라는 뜻이라고 한다. 물이 너무나 쓰기 때문에 말도 '마라'는 얘기일까?

3일이 넘도록 물을 마셔보지 않은 사람은 곧 알게 된다, 물의 소중함을. 광야를 건너는 이스라엘 사람들은 물의 소중함

"3일 넘도록 물을 마셔보지 않은 사람은 알게 된다,

물의 소중함을."

을 알았다. 목이 타 들어가니 더 이상 견딜 수 없을 지경이었다. 불평의 목소리가 점점 커지면서 결국에는 자신들의 지도자를 원망했다.

우리도 마찬가지다. 때로는 목이 말라, 때로는 배가 고파, 때로는 사랑이 고파 불평한다. 때로는 돈이 없어 불평하고, 때로는 할 일이 없어 심심하다고 불평하곤 한다.

갈수록 사회적으로 만족 대신 불평불만이 높아져서일까? 최근 미국에서 일어나는 움직임 중에 하나는 '불평하지 않기' 운동이라 한다. 21일 동안 학교의 학생들이, 기업의 직원들이, 가정의 구성원이 하나둘씩 불평을 하지 않기로 서로 약속하는 것이다. 그 운동이 오늘 미국 사회에 적지 않은 영향을 주고 있다고 한다.

이와 같은 캠페인이 우리 사회에도, 우리 주변에도, 아니 가장 먼저 나에게 필요하지는 않은지 생각해볼 일이다. 인터넷 홈페이지 어컴플레인트프리월드닷오그(www.acomplaintfreeworld. org)에 들어가면 이 캠페인에 대해 좀 더 자세히 알 수 있다.

선생님의 듣기 시험

메리 앤 버그Mary Ann Berg가 쓴 《속삭임 시험The Whisper Test》이라는 책에서 읽은 짧은 이야기 한 토막이 아직도 내 마음에 큰 울림을 준다.

이 책에 등장하는 한 여학생은 입술이 찢어지고, 코가 비뚤어졌고, 말할 때 발음조차 정확하게 내지 못한다. 우리는 그런 사람을 흔히 '언청이'라고 낮잡아 부른다. 그 아이 옆에서 친구들이 놀리면서 "넌 왜 입술이 그 모양이니?"라고 물어보면 자기 방어적인 습관 때문에 자기도 모르게 넘어졌을 때 바닥에 깔려 있던 유리 조각에 다쳤다는 식으로 대답했다고 한다. 아무래도 남들과 다르게 태어났다는 설명보다 사고로 다쳤다고 하는 편이 더 견디기 쉬웠기 때문이란다. 그런 아픔이 있기 때문에 가족 외에는 누구도 자신의 모습 그대로를 사랑할 수 없다는 생각 속에 외롭게 지냈다.

그러다가 초등학교 2학년 때 만난 담임 선생님이 이 여학생의 마음을 울리고 말았다. 모든 학생이 담임 선생님을 좋아했다. 선생님은 키도 작고 통통한 편이어서 세상이 말하는 미인상은 아니었지만 그 어떤 미인보다 행복하고 활기가 넘쳤다. 담임 선생님은 매년 학생들에게 독특한 '듣기 평가'를 하셨다고 한다. 학생들을 한 명씩 불러서 시험을 치르는 형식이었다.

학생들이 순서대로 나와서 교실 앞문을 등지고 서서 한쪽 귀를 손으로 막고 서 있으면 선생님은 책상에 앉아 짧은 문장을 작은 소리로 속삭여주신다. 학생들은 집중해서 들어야만 선생님이 무슨 말씀을 하시는지 알아들을 수 있다. 그 시험에 통과하려면 선생님이 말씀하신 내용을 그대로 따라서 해야 된다. 이를 테면 "오늘은 하늘이 참 푸르구나", "너 오늘 새 신발 신

고 왔니?" 이런 식으로 말이다.

　그렇게 시험이 진행되다가 입이 비뚤어진 여학생의 차례가
되었다. 그녀는 문 앞에 서서 선생님의 속삭임을 기다렸다. 어
떤 말씀을 하실지 몰랐다. 아무도 예측할 수 없고, 그저 귀담아
들어야 할 뿐이다.

　하지만 그날 선생님의 그 짧은 한마디는 마치 천사가 선생

님의 입에 넣어주신 것이 틀림없다고 그녀는 고백한다. 선생님이 속삭인 말은 그녀의 인생을 한순간에 바꿔놓았기 때문이다.

"네가 내 딸이었으면 좋겠다."

그렇다. 우리가 건네는 한마디 말이 이토록 소중하다. 우리는 날이면 날마다 상대방을 죽이는 말을 건넬 수도 있고 누군가를 살리는 말을 할 수도 있다.

오늘 나는 사람들에게 어떤 말을 건네었는가.

힘 빼는 연습

내 운전 경력도 어느새 30년이 넘었다. 그것도 무사고 운전이었으니 개인택시를 운전해도 무리가 없을 것만 같다. 적어도 최근까지 이렇게 생각했다.

사고는 정말 순식간이었다. 물론 그렇다고 커다란 사고를 낸 건 아니다. 작은 접촉 사고였기에 천만다행이었지만 온종일 마음이 찜찜하기 짝이 없었다. 30년 무사고 운전을 자랑스럽게 여긴 게 엊그제인데…….

이런저런 생각을 해보니 사고의 가장 큰 원인은 나 자신을 너무 믿었던 것이다. 그것도 열두 살 때부터 무면허 운전을 시작해 사고를 한 번도 안 냈으니 얼마나 빵빵하고 자신만만한 경력인가? 하지만 그 오만함이 바로 사고를 냈다.

그날따라 환경도 최악의 조건이었다. 안개가 짙게 낀 출근길이었고, 방송 인터뷰 시간이 잡혀 있는 데다, 갑자기 장인어른을 어딘가로 모셔다 드려야 해 조급했고, 안전거리를 충분히 확보하지 않았을 뿐만 아니라, 10년 넘게 다닌 익숙한 길이었기에 전혀 긴장하지 않은 상태로 운전을 한 것이 결국 사고로 이어졌다.

그런데 이렇게 의도치 않은 사고가 자동차 운전에만 해당될까? 우리는 언제나 크고 작은 사고를 내기 쉬운 존재임에 틀림없다. 특히 자신을 지나치게 믿을 때 상황은 더 위험해진다.

결국 사고 확률을 줄일 수 있는 최선의 방법은 연습이다. 힘 빼는 연습만이 사고를 줄일 수 있다. 힘이 너무 많이 들어갈 때, 나 자신을 지나치게 믿을 때, 과시하려 들고 교만할 때 우리는 실수하고 사고 치기 쉬우며, 내 가까이에 있는 사람들에게 피해를 주기도 쉽다.

"최선의 방법은 연습이다.

힘 빼는 연습만이 사고를 줄일 수 있다."

며느리와 시어머니

우리 가족이 미국에서 잠시 생활할 때 함께 지내시던 어머니가 두 달간 한국에 다녀오셨다. 미국으로 돌아오신 지 며칠 지나지 않아 한국 음식이 드시고 싶다며 쌀을 씻으신다. 어머니는 분명 미국 사람이지만, 한국에서 오랫동안 생활하신 까닭인지 먹는 것만큼은 영락없이 한국인이다.

그날도 부엌에서 음식을 준비하시면서 던지는 말씀.

"한국을 떠나기 전에 누가 맛있는 장아찌를 담가줬는데 까다로운 미국 입국 수속을 통과하지 못하게 될까 싶어 못 가지고 왔어. 그래도 가져와볼걸."

미국에선 구경하기 힘든 장아찌! 미국인 어머니지만 그 장아찌가 그렇게 드시고 싶으셨나 보다. 나는 속으로 생각했다.

'못 말리는 미국 엄마!'

다음 날 아침, 어머니의 말씀을 기억한 아내는 한국 마켓을 일부러 찾아가 재료를 사 와서는 장아찌를 몰래 만들었다. 그날 밤 저녁상에 올라온 장아찌를 보시며 내내 흐뭇해하시는 어머니.

며느리의 시어머니 사랑이 이런 건가?

어머니는 식사 후에 설거지를 하는 아내를 보시며 평소에 집 안에서 당신이 즐겨 신고 다니시는 푹신한 슬리퍼를 찾아 와서 허리를 구부린 채 아내의 발 앞에 놓아준다. 그리고 말씀을 건네신다.

"Your feet will hurt if you stand on them too long." (오랫동안 서 있으면 발 아프니까, 이거 신고 해.)

시어머니의 며느리 사랑이 이런 건가?

"당신이 즐겨 신고 다니시는 푹신한 슬리퍼를 찾아와서

허리를 구부린 채 아내의 발 앞에 놓아준다.

시어머니의 며느리 사랑이란 이런 건가?"

고맙기 짝이 없는 사람들

과거에 동네 비디오 가게에서 빌려 온 DVD를 대여 기간이 지나도록 반납하지 않아 엄청난 연체료를 지불했던 가슴 아픈 기억이 있다. 그 후로는 반납일을 칼같이 지키려고 애썼다. 혹시라도 늦으면 현기증이나 식은땀이 나는 증세까지 보이기도 했다. 그만큼 한번 호되게 연체료를 문 뒤로 '대여 기간'에 여간 예민한 편이 아니다.

그런데 미국에서 잠시 어머니를 모시고 지내는 동안 집 안에서 뒹굴러 다니는 DVD를 발견했다. 닷새 전에 빌려 왔는데

"기회를 준다는 것,
그리고 나의 잘못이나 실수에 대해
반성할 시간을 준다는 것."

그만 깜빡한 것이다. 그것도 하나도 아니고 세 깨씩이나. 너무 놀란 나머지 헐레벌떡 DVD를 챙겨서 가게로 숨 가쁘게 달려 갔다. 아직도 기억이 생생하다. 점원에게 너무 늦어서 미안하다는 말을 건넸다. DVD를 스캐닝하는 점원을 보는 순간 나는 엄청난 벌금을 예상하며 그 점원의 입술만 뚫어지게 응시했다.

그런데 점원이 웃음 지으며 말했다.

"We have seven days grace period."(7일 동안 유예 기간이에요.)

세상에! 7일 동안 '봐주는' 기간이 있기에 아무 문제가 없다는 뜻이었다. 다시 말해 대여 기간이 지나도 7일 안에만 돈을 지불하면 된다는 것. 누가 들으면 그게 뭐 그리 대단한 일이냐고 묻겠지만 나에겐 정말 가슴 찡한 사건이었다.

그 뒤로 비슷한 일이 또 있었다. 고속도로에서 운전을 하던 중에 딴생각을 하다가 사고를 쳤다. 우리나라의 하이패스 같은 전용 구간을 아무 장치도 없이 통과한 것이다. 아뿔싸! 어떻게 이런 불상사가 자꾸만 일어난단 말인가? 역시나 DVD 사건 때처럼 식은땀이 났다.

집에 도착해서 아내에게 정황을 설명했다. 아내도 큰일 났다는 표정을 지으며 나를 바라보았지만 어쩌란 말인가. 뾰족한 대책이 없었다. 한 가지 분명한 사실은 교통 법규 위반으로 인한 벌금액이 엄청나다는 것이다. 하는 수 없이 캘리포니아 고속도로 관리 사무실로 전화를 했다. 자동차 번호판에 있는 번호를 불러주자 컴퓨터로 뭔가 확인하더니 우리가 운전한 자동차나 번호판 등을 이미 파악한 상태라고 했다. 내가 가장 관심있던 것은 뭐니 뭐니 해도 벌금 아니겠는가. 혹시라도 면허가 취소되는 것은 아닌지 조심스레 물었다.

"저…… 혹시 벌금은 어느 정도인가요?"

그러자 담당 직원이 상냥한 목소리로 건네는 말.

"We have a grace period. You can pay the toll fee within a week."(유예 기간이기 때문에 일주일 안에만 통행료 내면 돼요.)

일주일 동안은 기회를 주기 때문에 그 안에 통행료를 지불하면 된다는 말 아닌가? 참 희한한 사람들이란 생각이 들었다. 그러나 기회를 준다는 것, 그리고 나의 잘못이나 실수에 대해 반성할 시간을 준다는 것은 큰 교훈으로 남았고, 타인에 대해 내가 얼마나 엄격한지도 곰곰이 되돌아보게 되었다.

승훈이

승훈이라는 아이가 있다. 얼마 전에 승훈이가 잠자리채를 들고 잠자리를 잡기 위해 애를 쓰고 있는데, 엉뚱하기 짝이 없게 잠자리채에 참새 한 마리가 날아 들어왔다. 초등학교 3학년 승훈이는 좋아서 펄떡펄떡 뛰었다. 잠자리를 잡으려다가 참새를 잡았으니, 이런 행운이 어디 있겠는가. 엄마 아빠는 참새를 놓아주는 편이 좋겠다고 했지만 승훈이는 싹싹 빌기 시작했다. 친구들한테 보여주도록 조금만 더 갖고 놀게 해달라고.

그렇게 승훈이는 동네방네를 달리면서 '참새' 자랑을 했다.

"자연의 것을 자연으로 돌려주지 않는다면

우리에게 돌아오는 것은 황폐함과 메마름뿐 아니겠는가."

참 바보 같은 참새, 운도 없는 참새라면서 말이다. 온종일 자랑을 했지만, 엄마 아빠에게 다시 한 번 졸랐다. 하룻밤만 더 갖고 있게 해달라고.

결국 새집을 만들고, 먹이를 주어 그렇게 하룻밤을 지냈다. 하지만 안타깝게도 아침에 일어나 보니 참새는 죽어 있었다. 하늘을 날지 못하는 답답함을 견디지 못했는지, 사람들이 자기 몸을 만지작거려 스트레스를 받았기 때문인지 승훈이가 만든 새집에 갇혀 죽고 말았다. 참새에게 새장은 자신이 있어야 할 곳이 분명 아니었기 때문이다.

우리가 손에 쥐고 있는 많은 것들.

그것을 놓아주지 않아 세상은 점점 더 병들어가고 있다.

그것을 놓아주지 않아 주변은 점점 더 병들어가고 있다.

그것을 놓아주지 않아 마음도 점점 더 병들어가고 있다.

자연의 것을 자연으로 돌려주지 않는다면 우리에게 돌아오는 것은 황폐함과 메마름뿐 아니겠는가.

우리만의 출애굽

'출애굽'이라는 말을 문자 그대로 해석하면 "애굽(이집트)을 떠나다"라는 뜻이다. 이집트에서 노예 생활을 하며 시달렸던 이스라엘 민족에게 이집트를 떠난다는 것은 해방을 뜻한다.

그런데 이 출애굽은 다만 이스라엘 민족에게만 있는 사건은 아닐 터다. 모든 민족과 개인에게는 자신을 구속하는 '애굽'이 있으며, 그 애굽에서 탈출한 경험이 있을 법하다. 우리만의 애굽, 나만의 애굽이 있는 것이다.

누군가는 말한다.

출애굽은 출발이다.

떠남이다.

운동이다.

움직임이다.

에너지다.

행동이다.

무언가를 하는 것이다.

무언가에 빠져드는 것이다.

어딘가로 가는 것이다.

지금 여기 머물고 싶지 않기 때문에 가담하는 무엇이다.

《네 이웃의 탄식에 귀를 기울이라》, 랍벨·던 골든, 포이에마, 2011

그렇다면 우리만의 출애굽은 과연 무엇일까?

어디일까?

누군가를 향하고,

어쩌면 새로운 곳으로 향하는 발걸음.

"모든 여행의 시작이 한 발자국에서 시작되듯이

오늘도 어쩌면 우리만의 출애굽이

우리를 기다릴 수 있다."

　　모든 여행의 시작이 한 발자국에서 시작되듯이 오늘도 어쩌
면 우리만의 출애굽이 우리를 기다릴 수도 있다.

눈이 머리 앞에 있는 이유

막내딸이 하루는 느닷없이 나에게 묻는다.

"아빠, 사람 눈은 왜 머리 뒤에 있지 않고 앞에 있게?"

어린아이가 어른에게 던지는 난센스인 줄 알았다. 아무리 생각해도 답을 찾지 못하자 아이가 비꼬는 표정으로 말한다.

"그것도 몰라?"

"엉, 몰라. 우리 눈이 왜 머리 앞에 달려 있지?"

"그건, 지나간 (과거의) 나쁜 일은 잊어버리고, 앞을 보고 가라는 뜻에서 하나님이 우리 눈을 앞에 있게 한 거래."

　그때, 시간이 멈추는 것을 느꼈다. 아니 숨까지 멎는 듯했다. 사실 이런 말은 우리 아이가 아닌 어떤 아이라도 할 수 있는 평범한 말이다.

　하지만 나는 그날 어린아이의 입술을 통해 전혀 생각하지 않았던 진리를 들었다. 마음 깊은 곳에서 큰 울림을 느꼈다. 그렇게도 단순한 아이의 말이 어쩌면 그 순간 나에게 가장 필요한 말이었는지도 모른다. 지난 일로 괴로워하는 순간이 우리에게는 얼마나 많은가. 시간을 돌릴 수도 없고 그 어떤 것도 바꿀 수 없는 한계투성이인 우리가 왜 자꾸만 지나간 상처와 아픔 때문에 앞을 보지 못하고 하루하루를 겨우겨우 살아가는가.

　어려운 일을 만날 때, 우리 딸아이의 말을 기억하길 바란다.

4부

습

관

기꺼이 불러주는 일

얼마 전에 아침 일찍 일어난 둘째 녀석이 "아빠!" 하며 나를 부르는 모습을 보며 잠시 생각에 잠겼다. 자녀들이 엄마나 아빠를 부를 때 우리는 그 아이가 부르는 방향으로……

몸과 고개를 돌린다.

그러곤 눈을 맞춘다.

또 입으로 대답한다.

아이의 음성을 알아듣고 적절히 반응하는 것이다. 자녀에게 도움의 손길이 필요하면 그것은 사소한 일이 아니다. 그래서

"혼자에 익숙한 생활과 문화에서

우리를 불러주는 사람은 없는가?

우리가 불러야 할 상대는 없는가?"

우리는 곧바로 몸을 움직여서 반응한다. 가만히 있지 않고 자신을 움직여 나를 부르는 아이의 필요에 따라 대응한다.

이렇게 나를 찾아주는 누군가가 있는 것처럼 고마운 일도 없다. 내가 누군가의 아주 사소한 필요라도 채울 수 있다면 이 또한 얼마나 감격스런 일인가.

혼자에 익숙한 사회와 풍습에서,

혼자에 익숙한 생활과 문화에서,

혼자에 익숙한 패턴과 리듬에서

우리를 불러주는 사람은 없는가?

우리가 불러야 할 상대는 없는가?

어느 것 하나라도

한동안 비어 있었던 우리 아파트를 최근에 들르신 장모님께서 전화를 걸어왔다. 3개월 가까이 집을 비운 동안 모든 창문이 닫혀 있었던 탓에 통풍이 전혀 되질 않아 옷장 속이 거의 곰팡이 천지로 변해버렸다는 것이다.

아내가 운전하던 자동차 역시 습기가 많은 지하 주차장에 3개월 동안 세워두어 엔진에 곰팡이가 끼었고, 그 탓에 시동이 멈추는 현상이 지속되다가 결국 차를 견인해야만 하는 어처구니없는 일까지 있었다고 한다.

"어느 것 하나라도 제대로 돌보지 않고,

우리의 관심과 친절한 손길이 닿지 않으면 망가진다."

어느 것 하나라도 제대로 돌보지 않고, 우리의 관심과 친절한 손길이 장기간 닿지 않으면 망가져버린다는 교훈을 얻게 되었다. 운동을 게을리하면 건강을 해치기 쉽고, 공부를 게을리하면 성적이 떨어지고, 관계를 게을리하면 사람들과 멀어지듯이 말이다.

내면의 세계도 마찬가지다. 내면을 돌보는 훈련을 게을리하면 마음도 병들기 쉽다. 미움, 슬픔, 원망 등이 마음에 찾아올 때 잘 돌보지 않고 그대로 방치해보라. 사람의 손길이 장기간 닿지 않아 곰팡이가 슨 옷장 속처럼, 엔진에 곰팡이가 슬어 시동이 걸리지 않는 자동차처럼 마음도 그렇게 망가질 것이다.

나에겐 어떤 돌봄이 필요한가?

우리의 몸이나 생각에 곰팡이나 녹이 슬지 못하도록 돌보자.

관계를 소홀히 하지 말고 서로를 아끼고 돌보자.

마음에 곰팡이가 생기지 못하도록 열심히 가꾸고 돌보자.

몸을 돌보고, 생각을 돌보고, 관계를 돌보자.

우선 멈춤

미국에서 운전할 때 유난히 눈에 띄는 것 중에 하나는 멈춤 표지판이다. 이 표지판은 때로 귀찮게 느껴질 정도로 너무 많다. 하지만 무시하면 운전자만 손해다. 멈춤 표지판은 크고 작은 사고를 막아주는 안전장치이기 때문이다.

그래서 미국에서 운전면허 시험에 어김없이 등장하는 질문 중 하나도 바로 멈춤 표지판에 관한 질문이다. 멈춤 표지판이 있으면 완전히 멈추어야 한다는 내용이다. 적당히 멈추는 것이 아니라 완전히 멈추어야만 주위를 정확하게 살필 수 있고 사고

"중요한 것은 완전히 멈추는 것이다.
완전히 멈출 때 나 자신과 주변 세상을
좀 더 정확하게 볼 수 있다."

확률도 그만큼 줄일 수 있기 때문이다.

하루하루의 삶도 똑같다. 바쁘다는 이유로 내면의 멈춤 표지판을 무시하고 싶은 순간들이 있다. 하지만 정기적으로 멈추지 않을 때 우리는 봐야 할 것을 제대로 보지 못하고, 그러다 사고를 치기도 한다.

중요한 것은 완전히 멈추는 것이다. 완전히 멈출 때 나 자신과 주변 세상을 좀 더 정확하게 볼 수 있다. 길거리의 멈춤 표지판이 아무리 불필요하고 귀찮게 느껴져도 나의 안전과 유익을 위해 존재하듯이 내면의 멈춤 표지판을 무시하지 않을 때 우리는 가장 안전하다.

생명을 더해주다

걷기 운동을 시작한 지 꽤 되었다. 처음엔 걷기가 지루하게만 느껴졌다. 그러다 속보로 방법을 바꾸면서 어느새 걷기 운동에 흠뻑 빠지게 되었다. 운동을 시작하니 아침 일찍부터 단축 마라톤을 뛰는 사람, 나처럼 빠른 걸음으로 걷는 사람, 자전거를 타는 사람, 천천히 걷는 사람 등 다양한 형태로 운동하는 이들을 만나게 되었다.

하지만 봄만 되면 나의 아침 운동에 제동을 거는 존재들이 눈에 띈다. 바로 달팽이다. 봄이 되어 날씨가 따스해지면서 새벽에 봄비가 내린 날 아침이면 어김없이 달팽이들의 행진을 볼 수 있다. 그런데 달팽이들은 워낙 작아서 사람들의 발길에 밟히기 일쑤다. 특히 자전거를 타거나 뛰는 경우 움직이는 속도가 빠르기 때문에 달팽이들을 피해 갈 수도 없는 노릇.

그렇지만 나처럼 걷는 운동을 할 경우엔 속보를 하더라도 조금만 신경을 쓰면 달팽이들이 눈에 들어온다. 물론 그 달팽이들을 무시하고 그냥 걸을 수도 있다. 발에 밟히든 말든, 달팽이까지 신경을 쓰면 사실 제대로 운동이 될 리도 없다. 그런데 얼마 전부터 그 달팽이들을 살려주는 1인 캠페인을 시작했다. 그냥 내버려두면 결국엔 누군가의 발에, 혹은 자전거 바퀴에 깔려 죽게 될 운명들이다.

'나 혼자서 달팽이를 살린들 얼마나 살릴까?', '무슨 소용이 있겠는가?' 등 여러 가지 생각이 교차했지만 그냥 재미 삼아 시도해보았다. 달팽이가 눈에 들어오는 대로 잠시 멈추어 서서 허리를 숙이고 무릎을 구부려 손으로 한 마리씩 집어서 하천 주변 풀밭으로 살짝 던져주는 일이 전부다. 그렇게 하면 달팽이들의 생명이 조금이라도 연장될 수 있을 것 같았다. 물론 달

"쉽게 잊히고 버려질 수 있는 나를 생각해주고

기회를 준 사람들만 해도 내 가까이에 어디 한둘이겠는가."

팽이들을 내가 다 살릴 수는 없다. 온종일 그들을 지켜보고 있을 수도 없다. 하지만 하루에 적게는 열 마리, 많게는 마흔 마리가량의 달팽이들을 살려주기란 어렵지 않다.

달팽이 살리기는 그리 특별한 일이 아니다. 그렇지만 그렇게 한 마리씩 던져줄 때마다 나라는 존재도 '버림받은' 존재가 아니라 '살림받은' 존재라는 생각이 든다. 쉽게 잊히고 버려질 수 있는 나를 생각해주고 기회를 준 사람들만 해도 내 가까이에 어디 한둘이겠는가.

싸구려 수첩

몇 해 전 미국 시카고에 방문했을 때의 일이다. 이사회 참석 차 매년 8월 초에 시카고에 방문해 3일간의 일정에 참여한다. 이틀은 회의를 하고 마지막 날은 이사진이 함께 축제 분위기 속에서 만찬을 나눈다. 일정이 끝나면 곧바로 서밋Summit이라는 리더십 컨퍼런스에 참석한 뒤 본국으로 돌아간다.

개회 첫날, 일종의 환영 인사와 함께 윌로크릭Willow Creek 협회의 직원이 이사진 전원에게 작은 공책을 나눠주었다. 표지에는 흰색 바탕의 검정색 글씨가 박힌 스티커가 붙어 있었다.

"배움은 싸구려 노트로도

얼마든지 가능하다."

스티커의 글씨는 'Learning Journal'이라는 문구인데, 우리말로 옮기면 '학습 일기'쯤 된다. 이사회나 컨퍼런스를 통해 배우게 되는 교훈, 혹은 적용 가능한 원리들을 필요에 따라 메모하라는 의도였던 듯싶다.

처음에 99센트(약 1,000원) 정도로밖에 안 보이는 작은 수첩을 받았을 때 절로 웃음이 나왔다. 비싼 항공료를 자비량으로 지불하고 이사회에 참석한 각 나라의 대표에게 고작 99전짜리 노트를 주는 것이 기막혔다. 워낙 실용적으로 사고하는 사람들인지라 그러려니 했지만 '이사회라면 오리지널 가죽을 입혀놓고 앞에는 각자의 이름을 금딱지로 새겨야 기본 아닌가?'가 속마음이었다.

그러나 점차 시간이 흐르면서 나는 저렴한 수첩을 이사진에게 선물로 주는 저들만의 매력을 느낄 수 있었고 내 안에 자리 잡고 있던 교만을 발견했다. 그 자리에 참석할 수 있는 것을 감사히 여기는 대신 내가 어딘가 모르게 특별한 존재라는 생각, 그러니 대접받기에 충분하다는 마음이 앞선 것이다.

교만은 순식간에 깨졌다. 내가 받은 '싸구려' 수첩은 손이 아파 더 이상 글을 쓰지 못하게 될 만큼 크고 작은 교훈들로 빽빽이 채워졌다. 이사회와 컨퍼런스의 내용도 내용이지만 무엇보다 저들의 섬기는 모습과 정신이 나를 거듭 놀래켰고, 창의적인 지도력이 가슴을 끊임없이 두드렸다. 이사회가 끝날 무렵 나는 혼자서 윌로크릭의 한쪽 끝에 자리 잡은 작은 채플을 찾아 눈물로 기도했다.

그 이후 나는 기회가 있을 때마다 가방 한구석에 자리 잡고 있는 싸구려 수첩을 꺼내 앞표지에 붙어 있는 글귀를 들여다본다. Learning Journal. 그렇지. 아무리 탁월하고 인정받는 지도자라도 어느 순간부터 배우기를 멈춘다면 그 사람은 지도자의 자격과 자질을 잃게 되는 것이다. 그래서 오늘도 기도한다. 배우기를 그치지 않기를. 메모를 멈추지 않기를.

그리고 또 한 가지의 깨달음. 배움은 싸구려 노트로도 얼마든지 가능하다. 오늘도 우리가 느끼고, 관찰하고, 들을 수 있는 기회는 얼마나 많은가? 여행, 독서, 어린아이, 자연의 신비 등 새로운 것을 깨우쳐주는 기회는 이미 도처에 널려 있다.

나는 또 아내를 의심했다

볼펜이 하나 있다. 물론 선물로 받은 고가의 제품도 몇 자루 있지만, 내가 가장 좋아하는 것은 빅(Bic)이라는 펜이다. 우리나라의 모나미처럼 저렴하고 평범하기 짝이 없는 펜이지만 작은 플라스틱 뚜껑이 달려 있어서 주머니에 넣고 다녀도 잉크가 새는 법이 없고, 있는지 없는지도 모를 정도로 가볍다는 점이 마음에 든다. 게다가 가격도 저렴해서 주머니에서 나도 모르게 떨어져 잃어버리거나 누가 잠시 빌려 가고선 돌려주지 않아도 부담이 전혀 없다. 모든 면에서 마음에 쏙 드는 그런 펜이다.

　그런데 꼭 필요할 때 그 펜이 없어지고는 하는데, 그때마다
은근히 불안해하는 내 모습을 발견한다. 특히 중요한 것을 메
모하기 위해 급하게 펜을 찾을 때 제자리에 없으면 짜증이 밀
려온다. 결국엔 이 사람 저 사람을 의심한다. 그중에서도 아내
를 의심하게 되는 경우가 허다하다. 그래서 펜을 찾다 못 찾으
면 괜히 아내에게 핀잔을 준다.

　"내 펜 자기가 또 가져갔지? 남의 물건을 사용했으면 제 자

리에 좀 갖다 놓아야지. 내 펜 찾아내, 빨리."

이런 식으로 말하면서 때론 언성을 높이기도 한다.

문제는 대부분의 경우에 내 바지나 외투 주머니 속에서 그 펜이 다시 발견된다는 사실이다. 내가 펜을 주머니 깊숙이 집어넣고선 생사람을 잡은 것이다. 자신이 잘못한 줄도 모른 채 괜히 엉뚱한 사람을 의심해 언성을 높였다. 아무튼 그놈의 싸구려 펜 하나 때문에 우리 집안이 시끄러워진 적이 한두 번이 아니다.

오늘 아침에도 그 펜이 또 사라졌다. 옷장을 포함해 집 안 여기저기를 뒤져도 나오지 않았다. 나는 또 아내를 의심했다. 그런데 옷장 속 옷걸이에서 바지를 끄집어내는 순간, 주머니에서 뭔가 툭 떨어지는 게 아닌가.

아, 그놈의 볼펜.

세 종류의 사람

지금까지 살아온 경험에 의하면 세상에는 대략 세 종류의 사람이 존재한다.

첫째, 무엇인가를 생각하는 사람.

둘째, 생각을 실천에 옮기는 사람.

셋째, 아무 생각 없이 사는 사람.

물론 생각하는 사람은 많다. 따라서 어떤 생각을 하느냐가 중요하다. 그때 왜 그랬을까 하며 과거를 후회하기만 하는 사람, 누군가에게 앙갚음을 할 생각에 빠져 있는 사람, 로또 1등

"무엇인가를 생각하는 사람, 생각을 실천에 옮기는 사람,

아무 생각 없이 사는 사람. 나는 어떤 사람인가?"

당첨처럼 허황된 생각에 빠진 사람은 '좋은 생각'이 아니라 '헛된 생각'을 한다고 볼 수 있다. 따라서 미래를 계획하고, 다른 사람과 조화로운 관계를 맺어갈 생각을 하는 사람이야말로 긍정적인 의미에서 '생각하는 사람'이라고 할 수 있다.

하지만 생각보다 더 중요한 것은 생각을 행동에 반영하는 일이다. 생각만 한다면 자신과 세상은 조금도 달라지지 않는다. 아무리 미래에 대한 계획을 세운들 눈에 보이는 것은 전혀 없다. 세상은 생각만 한다고 변하지 않는다. 생각을 실천에 옮기는 사람이 생각하는 사람보다 한 걸음 더 나아가는 것이다.

그렇다면 아무 생각도 없는 사람은 어떨까? 생각만 하는 삶도 불행하겠지만 아무 생각도 없는 사람이 가장 불행하지 않을까? 생각이 없다는 것은 변화의 발판조차 없다는 뜻과 같다. 그런 의미에서 우리는 날마다 선택하게 마련이다. 아무 생각 없이 오늘을 살지, 생각만 할지, 생각한 것을 실천에 옮길지 말이다.

밝은 쪽을 바라보다

Look at the bright side. 내가 좋아하는 영어 문구다. 직역하면 '밝은 쪽을 바라보라'다. 누구나 때로 숨 막히는 일과 맞닥뜨림에도 불구하고 긍정적이고 희망적인 일도 있다는 의미가 담긴 문장이다.

중요한 것은 그 희망적인 일들을 의도적으로 '바라보는(look)' 훈련이 필요하다는 사실. 자꾸만 부정적인 생각에 마음을 빼앗기면 그 속에 고립되기가 얼마나 쉬운가. 때로는 영영 헤어 나오지 못하는 안타까운 경우도 많다.

"내가 눈을 뜨면, 그리고 시선을 조금만 돌리면
볼 수 있는 것들은 주위에 널려 있다."

그러나 조금만 우리의 시선을 돌려본다면, 감사할 만한, 기
대할 만한 상황도 얼마든지 찾아볼 수 있다. 예전에 2012년 런
던 올림픽을 보며 생각에 잠겨보았다. 박태환 같은 훌륭한 수
영 선수도 200미터 자유형에서 '은메달'을 받았다. 물론 금메
달을 목에 걸지 못한 것이 당사자에게는 말도 못할 만큼 아쉽

고 가슴 아픈 일이겠지만 박태환 선수가 그 속에서 '바라보아야(look)' 하는 것은 그가 따낸 은메달이 있다는 사실이다. 또한 대부분의 사람은 아무리 수영을 잘해도 은메달은커녕 국가 대표 선수가 되길 기대하기도 어렵지 않은가.

무더운 여름철 폭염이 기승을 부릴 때 실외 운동을 하기 위해서는 새벽에 나서야 한다. 나는 새벽 5시가 가장 좋다. 그 시간에만 약간 선선한 바람이 불기 때문이다. 하루는 아침 시간에 집으로 돌아오는 도중 해가 뜨는 모습을 잠시 바라보았다. 정말 경이로움 자체였다. 사실 누구나 그 시간이면 볼 수 있는 풍경이기도 하다. 하지만 그 시간에 일어나서 바라보아야만 볼 수 있는 풍경 아니겠는가.

내가 눈을 뜨면, 그리고 시선을 조금만 돌리면 볼 수 있는 것들은 주위에 널려 있다. 오늘도 그 보물을 찾기 위해 좀 더 바라보아야겠다. 내가 처한 환경에서 찾을 수 있는 보물을. 내가 만날 사람에게서 찾을 수 있는 보물을.

공부를 못하는 진짜 이유

모든 학생이 공부를 잘할 필요는 없다. 그러나 공부 욕심이 있는데도 성적이 나쁘다면 그 이유를 고민해봐야 한다. 공부를 못하는 학생들에게는 공통점이 있다고들 한다. 물론 제각기 다른 처지에 있기 때문에 절대적 기준을 제시할 수는 없으나, 공부를 못하는 학생들에게 일맥상통하는 부분이 있을 듯도 하다.

예를 들어 어떤 학생은 정리하는 일에 탁월하다. 문제는 시험 준비보다 공책을 과목별로 분류하고 정리하느라 시간을 빼앗기는 것이다. 특히 이런 학생들은 공책에 예쁜 스티커를 붙이기도 하고, 이 모양 저 모양으로 지면을 꾸미느라 시험을 망친다고 한다. 교훈? 정리하기 전에 책부터 봐라!

또한 워낙에 게으른 학생도 있다. 얼마나 게으른지 공부는커녕 평소에 몸을 잘 씻지도 않는다. 문제는 시험을 보는 도중에 온몸이 너무 가려워 여기저기 열심히 긁다가 시험을 망쳤다는 것이다. 교훈? 좀 씻고 다녀라, 자식아.

어느 남학생은 여학생이 사용하는 방석을 얻기 위해 시간을 다 보낸다. 어디선가 여학생이 사용하는 방석에 앉아서 시험을 보면 운이 따른다는 얘기를 주워들어 동네 여학교에 몰래 담을 타고 들어갔다. 그런데 안타깝게도 방석을 훔쳐 다시 담을 넘다가 떨어져 다리가 부러졌고 그 바람에 시험을 아예 보지 못했다고 한다. 교훈? 쓸데없는 얘기 좀 그만 들어라.

또 다른 남학생은 여자 팬티를 입고 시험을 보면 운이 따라준다는 소리를 듣고 누나 팬티를 훔쳐 입고서 시험을 봤다고 한다. 문제는 여성 팬티이다 보니 몸에 맞지 않아 자꾸만 말려 올라오면서 몸을 이리 댕기고 저리 조이는 바람에 시험을 완전 망친 것. 교훈? 자기 팬티부터 제대로 입어라, 이놈아.

공부를 못하거나 시험을 못 보는 이유는 단순하다. 공부는 하지 않고 엉뚱한 데에만 신경을 빼앗기기 때문이다. 조금만 집중해서 공부하면 되는데, 자꾸 요리 빼고 조리 빼고 하다 보면 시험을 망칠 수밖에.

우리 성인도 정말 중요한 일 하나에 집중하지 못할 때가 많다. 보고 들을 거리가 넘치는 정보화 시대에 어느 하나에 집중하기란 어려운 일이다. 그렇다면 어떤 일에 집중하지 못하도록 나를 시종 유혹하는 것은 무엇인가? 그것이 무엇인지 조용히 생각해본다면 이 문제를 해결하기 위한 첫걸음을 내딛는 것이다.

막내 예진이의 겨울 방학

막내딸 예진이가 겨울 방학을 맞아 친구랑 전화로 계획을 한참 동안 세운다. 적어도 30분은 대화를 주거니 받거니 하더니 드디어 어렵게 결론을 내린 것 같다. 하루 날 잡아서 스키장에 놀러 가기로 한 것이다. 참고로 이 아이들은 초등학교 5학년.

진짜 재미있는 건 통화 내용이 기록된 A4 용지 한 장이었다. 우연히 A4 용지 한가득 기록된 내용을 보게 되었다. 맨 윗줄에는 매우 큰 글씨로 '스케쥴' 이라고 써 있고, 그 아래에는 '스키장 가는 날'로 표시를 해놓았다. 또 바로 밑에는 역시 큰 글씨로 '출발 시간 10시' 그리고 그 옆에는 '봐서'라는 말이 있다. 그다음 칸에는 역시나 큰 글씨로 '도착 시간'이라는 글씨와 '도착 할 때 도착한다'라는 문구가 있다.

이, 매우 계획성이 부족해 보이는 메모를 보고 두 가지를 느꼈다. 하나는 나에게 좀처럼 찾아보기 어려운 마음의 여유가 보였다. '봐서'. 참 좋은 단어인 듯싶다. 무엇이든 계획대로, 착오 없이 착착 진행되어야 한다는 강박은 찾아볼 수 없고, 한없는 여유와 유연함만이 배어 있다.

두 번째는 남다른 깊이를 느꼈다. '도착할 때 도착한다'. 사람은 약속을 하고, 계획을 세운다. 하지만 아주 사소한 계획도 예상에서 벗어나는 경우가 얼마나 많은가. 가령 친구와 만나기로 약속을 한다. 하지만 버스나 지하철 고장으로, 갑자기 생긴 교통사고로 차가 밀려서, 느닷없이 몸이 아파서 등 많은 이유로 작은 약속도 지키지 못하는 경우가 생기곤 한다. 정말 그야말로 도착 시간을 모르면서 매 순간을 살고 있는 존재가 바로 우리 아닌가 말이다. 그런데도 얼마나 많은 순간 우리는 조바심을 내며 살고 있는가.

"아주 사소한 계획도 예상에서 벗어나는 경우가 얼마나 많은가."

　오늘도 아이의 '스케줄'을 보면서 마음을 차분히 가다듬기로 새롭게 다짐한다. 좀 더 여유 있게 하루를 시작하고, 좀 더 깊이 있게 사람을 만나도록. 그래야만 나도 앞뒤가 꽉꽉 막힌 사람이 아니라 작은 희망을 줄 수 있는 사람이 될 수 있을 터이니.

작은 울림

나는 화려하게 글을 쓸 줄 모른다. 솔직히 아는 단어도 그렇게 많지 않을뿐더러 내로라할 만한 문장력이나 어휘력도 부족하다. 문학을 전공한 것은 더더욱 아니다.

하지만 개인적으로 짧으면서도 작은 '울림'이 있는 글을 좋아한다. 소박하지만 마음을 움직이는 글 말이다. 나 역시 가능하다면 그런 글을 흉내 내고 싶어 한다. 아니, 어쩌면 그런 글을 쓰는 것도 중요하겠지만 그런 사람, 즉 작은 '울림'이 있는 사람이 되고 싶다는 게 진짜 바람이다.

"작은 '울림'이 있는 사람이 되고 싶다."

얼마 전 눈 내리는 아침에 산책을 갔다. 30분 남짓 걷다가 어느 중년 여인과 그녀의 아들을 만나게 됐다. 아침 산책을 가는 곳에 작은 언덕이 몇 개 있는데, 아들과 함께 엄마가 눈 속에서 뒹굴며 놀고 있었다.

아들은 초등학교 1, 2학년쯤 돼 보였다. 엄마가 40대 후반이나 50대 초반으로 보이는 것으로 보아 아마도 늦둥이를 낳은 듯했다. 놀라운 것은 썰매 타기를 멋쩍어하는 아들 앞에서 자랑이라도 하듯이, 그것도 비닐봉지를 엉덩이 밑에 깔고 언덕을 신 나게 미끄러져 내려오는 엄마의 모습이었다. 얼핏 조금 억지스럽고 수다스러워 보였지만, 충분히 천진난만하다고 표현할 수 있었다.

그 엄마는 모든 순간을 어린아이처럼 즐기고 있었다. 오히려 아들 쪽이 엄마의 모습을 구경만 했고, 엄마는 아들이 자신을 따라 하길 기다리는 듯싶었다. 엄마는 눈 내린 아침에 어린 아들의 눈높이에 맞추기 위해 밖에서 신 나게 놀아주는 것이 분명했다. 전혀 부끄러워하는 기색도 없이 말이다.

지나가는 사람들을 아랑곳하지 않고 언덕길을 여러 차례 내려오는 그 엄마의 모습을 보며, 나는 작은 울림을 얻었다. 그리고 그녀와 같이 다시 한 번 울림이 있는 글을 몹시도 쓰고 싶어졌고, 그런 사람이 되고 싶어졌다.

끌리는 것과 끌려다니는 것

아침에 개를 데리고 산책하는 사람을 보았다. 물론 그런 사람이야 많지만 내가 만난 아저씨는 개를 끌고 나왔다기보다는 개한테 끌려 나온 모습에 더 가까웠기에 유난히 기억에 남는다. 어쩌면 그 산책은 자신이 원해서가 아니라 아내나 자녀의 부탁에 못 이겨 시작되었는지도 모른다. 그만큼 힘들어 보였다. 산책을 전혀 즐기지 못했기 때문이다.

사람 사는 세상의 이치도 그런 것 같다. 개에게 끌려다니다시피 하며 억지로 산책을 하는 그 남자처럼 어떤 일이나 환경

"어떤 일이나 환경에 끌려 다닐 수도 있고,

자신이 끌리는 일을 주도적으로 해나가며 살 수도 있다."

에 끌려다닐 수도 있고, 반대로 자신이 끌리는 일을 주도적으로 해나가며 살 수도 있다.

어딘가에, 혹은 누군가에 끌려다니는 삶은 사실 매우 피곤한 하루하루의 연속일 뿐이다. 마지못해 움직여야 하고, 누군가의 비위를 맞추느라 에너지와 시간을 빼앗길 수밖에 없다. 반대로 뭔가에 '끌림'을 느끼고 그에 맞추어 하루하루 능동적으로 움직이는 사람은 역동성을 발산한다. 그를 보고 있으면 살아 있음과 강렬한 에너지를 느낀다.

끌리는 대상이 직장 일이든, 예술 활동이든, 그 무엇이든 마찬가지다. 끌림에 따라 사는 사람은 어디에서든 다른 사람과 다르다. 주위 사람들은 막연히 그 사람 곁에 있고 싶어 하고, 그 사람 곁에서 내 속에 잠자고 있는 에너지를 끌어내는 상상에 빠지기도 한다.

어느 유명 체조 선수가 "내가 가장 살아 있다고 느껴지는 순간은 체조를 할 때다"라고 말했다. 우리가 가장 '살아 있는' 순간은 과연 언제인가? 그 살아 있음을 경험할 때 우리는 끌려만 다니는 인생이 아니라 내면 깊은 곳의 외침과 끌림에 따라 살게 될 것이다.

바람

오늘도 아침 일찍 산책을 나갔다. 연일 폭염이 이어져 무더울 때에는 새벽에 나가야만 약간의 선선함이나마 느낄 수 있다. 산책길에 운동 기구 몇 가지가 모여 있는 곳이 있다. 바로 이곳이 내가 산책하는 새벽 시간에 동네 할머니들이 운동을 하면서 이런저런 이야기를 주고받는 장소이기도 하다.

오늘도 어김없이 할머니들을 지나쳤다. 한 분이 말한다.

"우메, 우째 이리 더운 겨?"

그러자 또 다른 분이 맞장구친다.

"작은 바람 한 점,

오늘은 그 바람 한 점마저 참으로 고맙게 느껴지는 하루다."

"그러게. 어젯밤에는 바람이 하나도 없어, 어떻게 된 것이."

또 다른 할머니가 말한다.

"바람이 없응게 워디 잠을 잘 수 있어야지."

바람.

바람.

평소에는 그리 생각하지도 않았던 바람.

평소에는 별로 그리워하지 않았던 바람.

평소에는 딱히 고마워하지 않았던 바람.

바람이 왜 그리 그리운지. 아마도 무더운 여름이 아니라면, 누구도 바람 생각을 하지 않을 것 같다. 바람에 대한 고마움도 아예 없을 것 같다.

그 작은 바람 한 점.

오늘은 그 바람 한 점마저 참으로 고맙게 느껴지는 하루다. 역시 바람은 피해야 하는 것이 아니라 맞아야 하는 것인가 보다.

천만다행

얼마 전에 최용덕 선생의 특강을 들을 기회가 있었다. 그런데 그날따라 특강의 주제가 남성들을 겨냥한 메시지가 될 것이라며 강연 시작 전부터 경고(?)를 한다. 원래 주제 자체가 '고통'인데 남성들에게 더 고통스러운 날이 될 수 있다고 말이다. 여성들은 꽤나 좋아하는 눈치였으나 남성들은 살짝 씁쓸해하는 표정을 지었다.

나도 속으로 '그저 인내하며 들을 수밖에'라고 체념하며 눈을 바닥에 내리깔고 끝까지 열심히 들었다. 물론 찔리는 부분

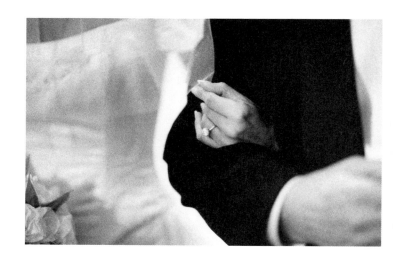

"한국 사회가 살기 위해서는 남성이 죽어야 되고,

가정이 살기 위해서는 역시 남성이 죽어야만 된다.

아무래도 나는 아직 덜 죽은 것이 분명하다.

죽는 일이 이렇게 어려운 일인 줄 누가 알았겠는가."

도 적지 않았다. 찔리지 않는다면 사람도 아니지. 어쨌든 메시지의 핵심은 '죽어야' 된다는 내용이었다. 한국 사회가 살기 위해서는 남성이 죽어야 되고, 가정이 살기 위해서는 역시 남성이 죽어야만 된다는 것이 특강의 요점이었다.

본인의 이야기를 들려주면서 오래전 결혼 7년 차에 더 이상 같이 못 살겠으니 이혼밖에는 도리가 없겠다는 아내의 간곡한 요청을 예로 들었다. 그 요구는 계속해서 이어졌고 그로부터 3년 뒤에는 이혼을 안 해주면 차라리 자살을 선택하겠다며 협박을 했단다. 최 선생은 결정적으로 그때부터 위기의식을 느끼면서 본인이 먼저 '죽기로' 결심을 했다는 것이다. 그리고 그 일이 얼마나 힘든 노릇인가를 쭉 설명했다.

우리 스태프 한 명은 강연 후 나한테 찾아와 나지막한 목소리로 말했다.

"휴, 오늘 아내가 원래 같이 와서 듣기로 했는데, 아이가 아파서 못 나왔거든요. 얼마나 다행인지 몰라요."

가뜩이나 강연 내용 때문에 마음이 불편한데 그 말을 들으니 나는 기분이 더 나빠지기 시작했다. 남자가 죽어야 된다는 메시지 자체로 충분히 힘들었지만 나를 더 괴롭게 한 것은 그날따라 아내가 모처럼 그 모임에 나왔기 때문이다. 거기서 남자들이 죽어야 된다는 내용만 들으니 속으로 얼마나 좋았을까.

그런데 특강이 진짜 재미있었던 것은 그날 강사로 오신 간사님의 사투리 덕분이었다. 경상도 특유의 사투리였다. 사실 나는 개인적으로 그리 어렵게 느껴지지 않았는데 웬걸? 아내는 집에 가는 길 내내 차 안에서 간사님의 사투리 때문에 자기는 통 무슨 말인지 못 알아들었다는 것 아닌가? 세상에 이런 일이! 얼마나 다행인가? 이런 걸 보고 사람들은 불행 중 다행이라고 하는가 보다.

아무래도 나는 아직 덜 죽은 것이 분명하다. 죽는 일이 이렇게 어려운 일인 줄 누가 알았겠는가.

날지 못하는 새

미국의 오렌지 카운티에 잠시 머물러 계시던 어머님을 방문했다가 혼자서 아침 일찍 산책을 나간 적이 있다. 한참을 걷는데 발 앞에 움직이지 않는 참새 한 마리가 놀란 듯 나를 쳐다보았다. 참새 앞에 조심스레 앉아 날지 못하는 이유를 나름 살폈다.

'어딜 다쳤을까? 어떻게 다쳤을까? 얼마나 불편할까? 얼마나 답답할까?'

이런 질문을 던지며 5분 정도 참새 앞에 멍하니 쭈그리고 앉아 있었다.

조금 뒤에 빠른 걸음으로 산보를 나온 미국인 세 사람과 마주쳤다. 내가 무엇을 하나 궁금했는지 길모퉁이에 쭈그려 앉아 있는 나를 주시하며 걸음 속도를 줄이더니 멈추어 섰다. 뭔가 설명해줘야 될 것 같았기에 새가 다친 것 같다고 말했다.

한 사람이 먼저 입을 열었다.

"Part of its wing's missing."(날개 한쪽이 없는 것 같군요.)

한 아저씨의 날카로운 관찰력이었다.

그러자 한 아주머니가 입을 열었다.

"I wish I hadn't seen it!"(마음이 아파 차라리 보지 않았다면 좋았을걸!)

또 다른 여자분이 앉아 있는 나를 보며 말했다.

"You need to take it home."(당신이 집으로 데리고 가야겠네요.)

아마도 내가 그렇게 다친 새를 먼저 찾았으니, 그대로 버려두지 말고 어떻게 해보라는 말이 아니었나 싶다.

결국 나는 참새를 집으로 데리고 왔다. 전화번호를 뒤져서 새 먹이를 판매하는 가게를 찾았다. 사진으로 찍어놓은 새의 모습을 가게 주인에게 보여주면서 설명했다. 그러자 동물 보호 협회에 전화를 해서 새를 가지고 가게 하든지, 새가 원래 있던 곳에 다시 데려다 주어야 된다고 했다. 안 그러면 오래 못 가 죽을 확률이 더 높다는 것이다.

나는 참새를 데리고 있기로 했다. 물과 먹이를 주며 이틀 내내 지켜보았다. 하지만 참새는 3일째 되는 날 아침 어디론가 사라져버렸다. 회복되어서 저 멀리 날아갔으면 좋았겠지만 확인할 길이 없었다.

그 사건을 떠올리며 곰곰이 생각에 잠겼다. 처음 말을 건 사람은 매우 사실적으로 "날개 한쪽이 없다"라고 말했지만, 두 번째 사람은 감성적이어서 "차라리 안 봤으면 더 좋을 뻔했다"라고 했고, 세 번째 사람은 "당신이 해결하시오"라며 해결책을 위임했다. 그리고 새 먹이 가게 주인은 "프로에게 맡기라"고 조언해주는 상담자형이었다.

우리 모두 사건이나 사물을 바라보는 시각, 그 문제를 해결하는(?) 방법이 제각기 다르다는 것을 새롭게 느끼게 되었다. 다친 동물이 아니라 아픈 사람을 봐도 우리의 반응은 비슷하게 세 부류로 나뉘지 않을까? 나의 도움을 절실히 필요로 하는 사람 앞에서 나는 과연 어떤 반응을 보일까?

"나의 도움을 절실히 필요로 하는

사람 앞에서 나는 과연 어떤 반응을 보일까?"

삼손과 에스메랄다

삼손과 에스메랄다라는 이름의 사자가 있었다. 이들은 사람의 손에 큰 애완용 사자다. 어느 날 주인이 이 사자들을 더 이상 감당할 수 없게 되면서 미국 아칸소 주의 야생 동물 보호구역으로 옮겼다. 일반 주택에서 새끼 사자나 호랑이를 애완용으로 기르다가 점점 자라면서 나타나는 야생성을 감당하지 못해 이곳으로 보내는 경우가 많다고 한다.

문제는 야생 동물 보호 구역에 도착한 주인은 사자들을 풀어놓으려고 했지만 두 사자는 드넓은 자연을 보고도 자신들이 자라온 우리를 좀처럼 벗어날 생각을 하지 않았다는 것이다. 결국 커다란 호스를 동원해 물대포를 쏘니 그제야 우리 밖으로 나갔다.

불행히도 문제는 여기에서 끝이 아니었다. 사자들은 6개월이 지나도록 처음 내렸던 장소에서만 빙빙 돌 뿐 다른 곳으로 이동하지 않았다. 사람과 함께 살던 집에 익숙해진 나머지 숲으로 들어갈 엄두가 나지 않았던 것이다. 자신들이 살아야 곳은 분명 자연이지만, 그 자연과 너무 오래 떨어져 지냈다 보니 자연이 낯설고 심지어 두려움의 대상이 돼버리고 말았다.

사람도 마찬가지다.

익숙한 장소.

익숙한 환경.

익숙한 문화.

익숙한 음식.

익숙한 사람.

익숙한 생각.

익숙한 언어.

익숙한 것투성이에 둘러싸여 있다.

이러한 것을 떠나서, 새로운 환경에 들어가 적응해야 하는
상황이 닥치면 누구든 스트레스를 받는다. 하지만 그러한 스
트레스를 기꺼이 받아들이는 사람이 있는가 하면, 두려워하
고 기피하는 사람도 있다. 만약 계속해서 그 익숙함에 머물고
현실에 안주한다면 편안함을 얻는 대신 자유를 잃을 수도 있
다. 우리와 처음 내렸던 장소를 빙빙 도는 삼손과 에스메랄다
처럼 말이다.

"익숙함에 머물고 현실에 안주한다면
편안함을 얻는 대신 자유를 잃을 수도 있다."

지금도

국어사전에 의하면 '공동체'는 "목적이나 이념을 같이하는 집단이나 단체, 또는 생활이나 운명을 같이하는 두 사람 이상의 모임"이라고 한다. 그렇다면 내가 속한 공동체는 어디인가?

사실 우리는 모두 지구 공동체의 일원이다. 서로를 책임져야 할 의무가 있는 사람들이다. 국가 간에 경제, 정치, 종교 등이 촘촘히 연결되었다. 이제 '지구촌'이라는 말이 식상할 정도다. 그런 의미에서 지구 위의 그 어떤 사람도 '남'이 아니다. 가까이에 살든 멀리 살든 모두 이웃이다.

"지금도 우리의 손길을 기다리는 이들이 있다."

때때로 우리는 피부 색깔이나 지역에 따라서, 아니면 사회적 위치나 성별과 연령에 따라 보이지 않는 선을 긋는다. 이런 저런 구분을 지으며 '나'와 '너'를 구분하고 '우리'의 범주를 계속 좁혀버린다.

그럴수록 우리는 서로의 울부짖음을 듣지 못한다. 듣지 못하므로 반응하지도 못한다. 못 들은 채 그냥 산다. 무관심이 마치 자연현상인 것만 같다.

지금도 전 세계 71억여 명의 인구 가운데 10분의 1에 해당하는 7억여 명의 하루 생활비가 1달러라고 한다. 뿐만 아니라, 전기 없이 살아가는 사람의 수가 20억 명이 넘는다고 한다. 오염된 물을 마시는 사람도 (그리고 죽는 사람도) 10억 명이 넘는다. 이들을 위해 우리는 과연 눈물 한번 흘린 적이 있는가?

지금도 우리의 손길을 기다리는 이들이 있다.

흙 위에 끄적이다

　성경 이야기를 듣다 보면 상식적으로 이해되지 않아 난처한 경우가 적지 않다. 예수가 간음한 여인 앞에서, 그리고 여인에게 돌을 던지려고 했던 성난 사람들 앞에서 손가락으로 흙에 무언가 끄적인 이야기가 그런 예다.

　많은 사람이 이 이야기를 들으면 예수는 흙 위에 뭐라고 썼을까를 궁금해한다. 하지만 그보다 더 중요한 것은 왜 그렇게 행동했는가다. 끄적인 내용보다 끄적인 이유가 중요한 것이다. 예수의 행동은 매우 예외적이었고, 그래서 모두를 긴장시켰다.

"오늘 우리가 자신과 타인에게 던지는 것은

희망일까, 절망일까?"

매우 창조적인 표현 방식이었던 것이다.

간음한 여인 앞에서 사람들은, 특히나 그 당시의 종교 지도자들은 화가 날 대로 나 있었다. 관습상 충분히 그 여인을 돌로 쳐 죽일 만한 명분도 있었기에 정말 그렇게 그녀를 죽일 기세였다.

그러한 상황에서 종교 지도자들은 예수를 그 자리에 끌어 들인다. 그리고 어떻게 하면 좋을지 묻는다. 예수를 궁지에 몰려는 음모일 가능성이 높다.

하지만 예수는 입을 다물었다. 아무 말도 하지 않았다. 그 대신 몸을 굽혀 성전 바닥에 손가락으로 무언가를 써 내려갔다.

저들은 침묵을 견딜 수 없었고, 결국엔 질문을 던지며 빨리 답하라고 재촉했다. 예수는 끄적인 글을 그대로 둔 채로 똑바로 일어서서 여덟 마디를 무리에게 던진다.

"너희 중에 죄 없는 자가 먼저 돌로 치라."

한 여인과 예수를 거세게 몰아쳤던 무리에게 침묵이 찾아왔다. 시간의 여백이 창조된 것이다. 여백은 성난 폭도를 가라앉히는 힘이 있었고, 자신들의 잘못을 깨닫게 하는 능력이 있었다. 그뿐인가. 죽기 직전의 여인을 살리고 제2의 인생을 살 수 있도록 했다. 순식간에 절망을 희망으로 바꾸었다.

마이클 카드Michael Card, 1957-는 이 사건에 대해 그의 책《땅에 쓰신 글씨》(IVP, 2003)에서 이렇게 기술한다.

끄적이신 글의 형태나 심지어 내용도 그다지 중요하지 않다. 더 중요한 사실은, 한순간에 소란이 멈추고 새로운 곳에 이목이 집중되었다는 것이다. 그리고 그 순간 모여 있던 모든 사람들은 그들의 세상이 단지 현존하는 세상만이 아님을 배우게 되었다. 그리하여 그들은 자유케 되었다.

그렇게 땅에 끄적인 내용은 여전히 무슨 내용이었는지 아무도 모른다. 하지만 그때 그 행동은 분명 시간을 멎게 했다. 그리고 한 사람을 살렸다. 성경은 기록하길 나이가 가장 많은 사람부터 한 사람씩 손에 쥐었던 돌을 버리고 돌아서서 그 자리를 떠났다고 한다. 오늘 우리가 자신과 타인에게 던지는 것은 희망일까, 절망일까?

"햇빛에 말린 수건보다
더 개운하고 기분 좋은 말, 바로 희망."

감사의 말

어린 시절, 말도 안 되는 나이에 1년 가까이 유학을 떠났던 적이 있습니다. 제 나이 만 열 살이었습니다. 그때 버지니아 주의 산골짜기에서 저는 칼 파워스 아저씨와 같이 살았습니다. 아저씨는 그 당시에 제가 다닌 어빙턴 초등학교의 선생님이었죠.

아저씨는 검소하기로 유명해서, 미국에서 자동차를 구입하지도 운전하지도 않는 분이셨습니다. 돈이 없어서가 아니라, 그냥 일평생을 그렇게 살아오셨습니다. 그래서 눈이 오나 비가 오나 저희 둘은 날마다 왕복으로 약 8킬로미터가 되는 거리를 걸어다녔지요. 하지만 그 시간이 정말 행복하기 짝이 없었답니다. 자연을 느끼며, 한가롭게 대화를 하면서 말이죠.

저는 그분께 매우 많은 것을 배웠습니다. 그리고 참 고마웠습니다. 저를 1년 가까이 먹여주시고, 입혀주시고, 재워주시고, 학교에 보내주셨습니다. 그것도 모자라, 글에 대한 열정을 갖게 해주셨습니다. 비록 나이 차이는 있었지만 정말 친구처럼, 아저씨처럼, 그리고 때로는 아빠처럼 대해주셨지요. 그분이 최근에 85세의 일기로 천국으로 이사를 가셨습니다. 참 마음이 아프고, 다시 만나 뵙고 싶은 마음이 간절합니다.

하지만 이렇게 마음 아파만 할 수는 없단 생각이 듭니다. 세상 모든 일은 저 혼자서는 할 수 없다, 함께 이루어가는 일 속에서 희망이 생긴다는 큰 교훈을 남겨주셨기 때문이죠. 네 그렇습니다. 어떤 일이든 혼자만의 힘으로 이루어지는 경우란 없을 터입니다. 설령, 그림이나 음악 등 고독하게 혼자서 이루어내야 하는 예술 작업이라 해도 영감을 주는 주변 사람들, 재료를 공급해주고 조달해주는 자연과 사람이 없다면 그 역시 불가능한 일입니다. 이 책도 그렇게 많은 존재의 도움을 받아 만들어졌습니다.

함철훈 작가님은 말로 표현할 수 없는 감동적인 사진들을 책

곳곳에 활용할 수 있도록 허락해주셨습니다. 사진의 세계가 주는 감동은 볼수록 마음을 움직이는 매력과 신비로운 힘이 있습니다. 귀한 사진들을 저의 글과 함께 놓일 수 있도록 흔쾌히 허락해주신 함철훈 작가님께 진심으로 감사를 드립니다.

그뿐인가요. 이 책의 많은 이야기가 쓰여지기까지 여러 분이 이야기를 제공해주셨습니다. 저희 부모님, 아내, 아이들, 친구 등 하나하나 헤아리기 어려울 정도로 많은 분이 글의 모티브가 되어주셨습니다. 그래서일 것입니다. 이 책은 저의 이야기가 아니라 모든 등장인물의 이야기입니다. 이야기 속에 등장하는 한 분 한 분에게 머리 숙여 깊이 감사드립니다.

또한 이 책이 책으로서의 물성을 갖추는 데 결정적인 역할을 해주신 바이북스 대표님께 감사를 표합니다. 책을 만들 때에 얼마나 팔릴까보다 얼마나 가치 있는 글인가를 먼저 보시는 대표님의 자세에 존경의 마음을 전합니다. 조각조각 나뉜 글들을 읽기 좋게, 또한 보기 좋게 한 권에 묶어주신 바이북스 편집팀과 디자인팀에도 고마움을 전합니다. 여러분은 책이 완성되기까지 과분한 관심과 헌신을 보여주셨습니다.

칼 아저씨, 당신이 주신 교훈은 이렇게도 진실입니다. 당신이 아니었다면 저는 글을 쓰지 못했을 것입니다. 당신의 격려한마디 한마디가 오늘의 저를 만들었습니다. 제 글에 등장하는 단어 하나하나마다 당신의 숨결과 기도가 베어 있음을 저는 매우 잘 알고 있답니다. 그 사랑에 보답할 길 없지만 아저씨가 평생 만드셨던 희망을 저도 열심히, 아름답게 만들고 전하는 사람이 되도록 노력하겠습니다. 저에게 희망을 심어주신 것처럼 저도 작은 희망의 통로가 되는 사람으로 살도록 최선을 다하겠습니다.

• 김요한

글쓰기와 강연으로 활동하고 있다. 공연, 출판, 강좌 등으로 문화 발전을 이끄는 (사)'WAFL'(www.iwafl.com)의 대표이며, YAP의 홍보 대사이고, 카페 H의 대표인 동시에 PK장학재단의 이사이다. 지은 책으로 《인생 비타민, 응원》, 《Mom: 한국인으로 살아온 미국인 엄마 이야기》, 《예술이 마음을 움직입니다》, 《어린아이처럼》 등이 있다. 특히 《어린아이처럼》은 SERI CEO의 수석이 뽑은 'CEO가 읽는 책 30권' 중 한 권으로 선정됐다.